Walter Fröhlich

WIE MER'S MACHT ISCH'S NINT

denkt de Wafrö

Die Zeichnunge
sind vu de
Ingeborg
Osswald-Lüttin

Verlag Stadler

Inhaltsverzeichnis

Wie mer's macht ...

O wer kennt en it, sellen Satz »Wie mer's macht, isch's nint?« Uf de Punkt brocht, hot des alemannische Axiom seller Ganov, woner gmont hot, »brichsch ei, isch's nint, brichsch aus, isch's nint!« Aso, etz wäred wieder ä paar froge, wa ä Axiom isch. Des isch en Usdruck fir en allgemein giltige Grundsatz, fir ä absolute, vu allene anerkannte Wohret. Wenn die Mei mi wieder mol ä Rindvieh heißt, no isch des ko Axiom, weil's no andere Leit giit, wo mi it fir ä Rindvieh halted. Wenn's ganz sicher wär, daß alle Leit mi fir ä Rindvieh halted, no kännt mer scho sage, daß des ä Axiom wär, wenn die Mei mi wieder mol ä Rindvieh heißt.

Viellicht frogt etz wieder de ei oder die ander, wäge wa die Mei Rindvieh zu mir set, aber des ging mer etz scho weng z' weit, wenn i alle unsere Händel vor de Effentlichkeit usbreite mößt. Wäge wa die Mei Rindvieh zu mir set, goht andere Leit en Dreck a. I mecht do nu no so vill dezue sage, s isch bi uns au it andersch wie bi andere Lüt au. Mer ka Krach mitenand kriege, wäge nint und wieder nint. S ka am Wetter liege, denn wenn's dusse so muderig isch, all nu trüeb und grau, und s scheint ko Sunne, und rängle duets au it, nu weng so schpritzerle, no isch ä Meinungsverschiedeheit scho vorprogrammiert. Oder wenn sie s Kopfweh hot, oder mir isches ibel, des isch meischtens de Nährbode, uf dem unsere Krächer wachsed.

Mer frogt sich menkmol, warum mer eigentlich nu mit dem schtreitet, wo om am näkschte schtoht. Des isch doch logisch. Weil grad niemerd andersch do isch, mit dem wo mer händle kännt. Mer dät jo lieber mit eme fremde Mensch Krach kriege, aber wo soll mer en Fremde her näme, wenn nu die eige Frau oder de eige Maa im Hus isch? Umkehrt isches genau so. Wemer sich gegeseitig uf d Nerve goht, denn liit des do dra, daß om nu der uf d Nerve goh ka, wo um om rum isch. Wer it do isch, goht om it uf d Nerve. Wenn i de Mei uf d Nerve gang, no au nu wäge winzige Kleinigkeite, weil i irgend ebbes so gmacht hon und sich rausschtellt, sie hett's anderschrum welle. No kummt vu mir, oder bi me ander mol vu ihre, der Satz:»Wie mer's macht, isch's nint!«Dodemit will mer dem anderen kundtun, wenn i des anderschrum gmacht hett, no hettesch du doch au wieder gmulet.»Wie mer's macht, isch's nint«signalisiert dem Partner, daß mer's ihm nie recht mache ka, und des isch denn der Punkt, wo sie mi ä Rindvieh heißt und i mi denn mit dem Argument verteidige:»Und du ä blede Kueh!«

Des isch au ko Axiom, weil mir vill Leit kenned, wo die Mei it fir ä blede Kueh halted. Mer sott uf alle Fäll die Feschtschtellung vu dem Rindvieh und dere blede Kueh uf sich sitze losse, daß wieder de Friede eitrete ka, aber je noch Wetterlage oder Unwohlbefinde, goht's denn ersch recht los. Die bescht Lösung wär au no de gegeseitige Rückzug in ä anders Zimmer. Des isch au de Grund, wägewarum Kleinschtwohnunge den ehelichen Frieden ufs heckschte gefährded. Sell Päärle, wo i dere Einzimmerwohnung mitenand uf em Sofa ghockt isch, sie hot bläret, und er hot kopfet, do hot sie nochere Weile gschluchzt:»Hettsch, du ä größere Wohnung gnumme, no könnt i etz ine anders Zimmer!«No hot er nu zunere gset:»Jo, und woher hetted mir s Geld fir ä größere Wohnung näme welle, wie mer's macht, isch's nint!"

Wie geht's Ihnen?

»Guten Tag, lange nicht geseh'n, wie geht's Ihnen?«, frogt mer mi efters, und denn isches gscheidscht, mer set zu dem Froger »am liebschte guet!« Immer wieder verdwisch i mi aber dra, daß i mir Müeh gib und eifach sag, wie's mir goht. Im allgemeine goht's mer guet. S klemmt zwar unde und obe, hinde und vorne ab und zue ä wengle, aber des isch it de Red wert. S giit aber denn au so Sächele, die drucked om scho weng feschter. Des ka ä Problem i de Familie sei oder i de Verwandtschaft oder aber au im Freundeskreis. Des isch denn under Umschtänd so en Punkt, wo mer zu dem Betreffende uf sei Frog »wie geht's Ihnen« die Antwort giit »ha scho recht, nu hot mer halt all weng Sorge«. Aber wärend i so en lange Satz sag, hört der garit zue. Der ka denn urplötzlich sage »schön, daß es Ihnen gut geht, Sie sehen auch sehr gut aus«.
Der hot total iberhört, daß mer all weng Sorge hot. Des isch denn der Punkt, wo mir schlagartig klar isch, daß sich der Mensch fir mi iberhaupt it intressiert. Des sind die ichversessene Schwätzer, wo d Ohre nu am Kopf hond, daß de Huet hebt. I kenn au sottige, die saged, wenn se om treffed: »Geht's gut, na prima, man sieht's!« In den Kreisen vu sellene gilt i als saumäßig arrogant, weil i bi so ebber nie schtande bleib. Do lauf i alleweil glei zue. Wenn i bi ebber schtoh bliib, und der giit mir d Hand, und während der mir d Hand giit, guckt er oemeds ganz andersch ane, nu it mir is Gsicht, do sag i glei »entschuldiged Se, aber mir pressiert's firchtig.« Denn loß i die betreffende Person schtande, wo se schtoht und lauf zue.
Des sind nämlich die Vertreter und Vertreterinne vu dere sogenannte Liebe-leere Gsellschaft. Weil »Liebe« aber ons vu de höchschte Wörter isch, verwend i schtatt desse »en-

and möge«. Ich liebe dich, sot mer ganz, ganz schparsam verwende und im Läbe it allzu oft. »I mag di« klingt au lieb, aber it so ganz dief und absolut wie ich liebe dich. Drum isch unser »i mag di« au ä ehrlichs, netts und liebs Bekenntnis, zwische Männle und Weible, zwische Freund und manchmol au zwische Bekannte, wo it nu Bekannte, sondern no weng meh sind. Die Mensche, wo mer sage kännt »i mag di«, des sind selle, wo d Welt it nu mit ihrene eigene Auge säned. Des sind selle, wo a minere Antwort intressiert sind, wenn se froged, wie goht's dir. Des sind Mensche, wo zuelose känned und wisse wänd, wa i ihne zum sage hon. Die hond au it alleweil glei ä Antwort parat und saged »du mosch halt!«

Däne sieht mer's scho am Gsicht a, daß es die au weng druckt, wenn's mi druckt. Des isch die Sorte Mensch, wo mi it andauernd andersch mache will, als wie'n i bin. Die möged mi au mitsamt mine Ecke und Kante. Des sind se, die selle, wo i mon, zu däne mer gern eifach sage dät »ich mag di!« Mer brucht's aber oft it emol sage, denn die Sorte isch so feinfühlig, heit saged se do dezue sensibel, daß die des vunim selber spühred. S giit ringsrum um om sottige Wiiber und Maane, und wenn's die it gäb, no dät om s Läbe verleide. Nadierlich treted se it haufeweis uf, die wo mer so richtig mag, aber sie sind do, und mir traged enand, weil mer enand möged. Die »guten Tag, lange nicht geseh'n, wie geht's Ihnen, gut geht's Ihnen, man sieht's«, die sind i de Iberzahl, aber des macht nint. Die verkraftet mer leicht, weil mer woß, daß es jo au die andere giit.

Usem Gröbschte husse

Wenn grad mol näemerd ebbes vu om will, und wenn denn au no d Sunne scheint, und me ka i de Garte hinderem Hus hocke, no nimm i alls en Schtooß vu dene Dialektbüechle us em Schrank und blättere wieder mol weng dinne ume, und denn freu i mi jedes Mol wieder neu do driber, wenn i wieder ebbes gfunde hon, wo mi ganz bsunders nochdenklich macht. Meischtens sind's it die lange Gedicht oder Gschichte, wo mi nochdenklich mached, sondern die kläne Sätzle, iber die, wo mer zerscht mol lacht und denn ufs Mol nime lacht und driber nochdenkt.

Denn ka's zmol passiere, daß mer iber so en Satz is Meditiere kummt, wie se hüt saged, wenn se weng länger iber ebbes nochschtudiered als nu en Augeblick. On vu mine Lieblings-Dialektiker isch de sell Radolfzeller Manfred Bosch. Der isch zwar scho lang nume z Radolfzell und schribt au ko Mundart meh, weil er scho lang die höhere Weihe der Literatur hot, aber i blättere all no i sine Büechle, woner vor zwanzg Johr im Eigeverlag use gäeh hot. S isch nix veraltet vu dem, waner domols gschriebe hot, und on Satz, der isch mir neilich, a some schäne Summertag, wieder is Hirn gjuckt. Der Satz hot gheiße:»Mer sind no nie diefer dinne gschteckt, wie wo mer gmont hond, mer seied us em Gröbschte husse!«

Zerscht hon i wie alleweil mol vor mi ane glacht und zu mer selber gset, aber sell isch wohr. No hon i s Büechle uf de Tisch gleet, d Auge zuegmacht, damit mi d Sunne it blendet, denn hot's vu selber wiiter denkt. Heinomol, isch's mir uf omol kumme, wa isches uns i de letschte Johr bigoscht doch guet gange. Mine Eltere simer wieder eigfalle und mine Großeltere. S isch mer au wieder eigfalle, wie i mir gschwore hon, daß i ä Läbe lang glicklich sei dät, wenn i lebig us dem Artillerie-Feuer oder us dem Bombeangriff use kumm, und i hon jo no beides erläbe möße oder derfe.

Mei Modder isch mer eigfalle, am große Weschtag, i de Wäschkuche, wo's dampft hot und wo die Wiiber gschaft hond, bis se todmüed gsi sind. De Vadder und Großeltere simer eigfalle, wie se am Morge früeh um halbe sechse z Fueß i d Fabrik gloffe sind, acht Kilometer und z Obed ume sechse wieder hom. Wo sich d Rentner no schwer hond iberlege möße, ob's no zume Viertele langet oder ersch wieder am Sunntig.

No isch z mol des goldene Zeitalter mit dem Wirtschafts- wunder kumme. D Großeltere hond's nime mitkriegt, aber d Mamme hot ä Weschmaschin kriegt und en Küehlschrank, und denn hot se känne mit andere Fraue Omnibusreise mache, und sie isch bis ge Münche kumme, und i hon Weihnachtsgeld kriegt und Urlaubsgeld und hon am Samschtig frei ghet, aber mer war it so ganz zfriede. Nu »us em Gröbschte« sei'emer efange husse, homer gmont. »Us em Gröbschte«, homer gmont, weil mer gmont hond, daß mer alls no weng verfeinere kännt. Aber do waremer scho »dief dinne«. S hot niemerd merke welle, aber wer's etz no it merkt, der kunnt scho no dehinder. Wa mer hond, des homer, denked die meischte, und sell schtimmt äbe au it. Mer wird säne, wie's wiiter goht. Uf alle Fäll simer no nie diefer dinne gschteckt, wie wo mer gmont hond, mer seied us em Gröbschte husse.

... aber einsam

Wo de sell Adam im Paradies so muetterseele-elei umenandgloffe, umeghocket und rumgläge isch, do hot de Schöpfer bekanntlich zu sich selber gset:»S isch it guet, daß de Mensch elei sei.« Er hot denn us de Rippe vum Adam die Eva gmacht, drum saged etz no vill Manne vu ihrene Wiiber, sie seied ä Ripp, wenn se it so tond, wie Er's gern hett. Des isch aber scho lang de Schnee vu geschtern, denn d Wiiber folged scho lang nume ihrene Maane.

S isch ehnder umkehrt. Und äbe grad des enand nime folge, also kon's im andere, wo jedes nu mit em Kopf durch d Wand will, also Er it und Sie it ä klei weng uf enand losed und Rücksicht nähmed, des fihrt dezue, daß der Mensch und das Mensch zmol wieder elei sind, enand verdloffe, sie hond sich gegeseitig ihre Beziehungskischte zuegnaglet. Etz isches wieder wie am Afang im Paradies. De Adam isch wieder muetterseele-elei, lauft umenand, aber au sei Eva hockt elei rum, und beide lieged z Obed elei im Näscht. Etz brucht de Schöpfer nime zu sich selber sage:»S isch it guet, daß de Mensch elei sei.« Die zwei merked des vunim selber daß des Elei-Sei ä langweilige Sach isch.

Sie finded aber nu ganz, ganz selte zunenand z'ruck, sondern etz goht die Suecherei los. S isch allerdings heit so, daß Er nume lang sueche moß, weil Er scho länger ebbes Neus gfunde ghet hot, wo s Alt no binihm war. S giit au vill Fäll, wo's umkehrt isch. Do hot denn Sie ebbes Neus gfunde, weil Sie entdeckt hot, daß de Alt it bringt, wa Sie sich verschproche hot, und etz grad, i de heitige Zeit, do mond beide vill bringe, weil mer im Fernsäeh jo gnueg Vorbilder hot, wo mer all Obed bis i de Intimbereich säeh ka, wie des funkzioniere mueß, wenn beide guet druf sind.

Des Blede a dere Sach isch nu des, daß ganz selte beide so

druf sind, wie mer des im Fernsäeh sieht. Denn goht's los mit de gegeseitige Vorwürf, und s End vum Lied isch denn wieder des, daß Er elei isch und Sie elei isch, wenn it Er scho ebbes Neus hot, oder Sie scho ebbes Neus ghet hot. Am allermeischte isch aber des de Fall, daß bi de Uflösung vu sonere Zweisamkeit ons vu beide wieder elei isch, und des isch selte en guete Zueschtand. Guet, am Afang isch mer viellicht froh, daß mer den Mensch los hot, wo om so uf de Wecker gange isch, und me kummt sich ä zeitlang richtig frei vor.

Aber denn bricht's halt wieder iber om rei, des Elei-Sei. Und denn isches halt nume so, wie im Paradies, daß om de Schöpfer en Maa oder ä Frau zueführt. Er behaltet sine Rippe, und Sie mueß d Öpfel eloenig esse, weil kon do isch, wo devu abebeißt. Des Kapitel isch it luschtig, und i bin eigentlich nu do driber is Nochdenke kumme, wo i wieder mol i unsere Zeitung uf onere Seite achtesechzg Anzeige glese hon, wo Er ä Sie suecht und Sie en Er. Des moß mer sich mol vorschtelle. Tausende Sie und Er renned elei i de Welt rum und findet enand it. Bis se am End i de Zeitung schreibe mond: »Wann darf ich Dich endlich kennenlernen, ich bin groß, schlank, sportlich und einsam!« Des homer etz devu, daß mer nume im Paradies sind. Groß, schlank und sportlich simer – aber einsam!

Enttäuschunge

S Läbe hot alleweil Enttäuschunge fir unsereins parat. I denk etz it a selle große, firchtige Enttäuschunge, wo om ä Läbe lang z schaffe mached und a dene mer ewig dra ume knaberet und mit dene, wo de nie fertig wirsch. Nei, i mon eher die viele, viele kläne Enttäuschunge, wo mer so ziemlich alle Tag eischtecke moß. Die tond zwar it richtig weh, aber sie drucked om scho weng ufs Gmüet, mol weng meh, mol weng weniger. Do triffsch zuefällig ä liebe alte Bekannte, wo de scho mindeschtens zwanzg Johr nime gsäeh hosch, weil se oemeds andersch hiizoge isch. Früener hosch mol bitzele fir se gschwärmt, aber die Sach hot sich total im Sand verloffe, und etz triffsch se zmol wieder. Du hosch ä Freid, und mer kännt grad mone, daß sie au ä Freid hot, daß se dich wieder mol troffe hot. Etz hosch aber du pressant und sie au. Wa macht mer do? Mer macht en Termin aus, wo mer zämme ä Tasse Kaffee mitenand trinke will.

Etz freit mer sich nadierlich uf den Kaffee mit dem alte Schwarm, und der Kaffee-Tag kummt au, und dein alte Schwarm kummt au. Etz bringt aber die Kueh ihren »Freund« mit, und du denksch, de Schlag dät di treffe. Wenn der Mensch debei hockt, no ka mer doch iberhaupt it richtig mitenand schwätze, so von wegen »wosch no«! Des isch etz so ä kläne Enttäuschung, und zudem isch se auch no zweischtufig! So wie dei liebe alte Bekannte gebaut isch, hot mer sich eigentlich känne vorschtelle, daß die mol en räete Kerle kriegt, aber de sell, wo se mir bi dem Kaffee-Treffe vorgschtellt hot, des isch it s Gelbe vum Ei. I hon en vu unde bis obe aaglueget und hon mir nu denkt, a wa fir ä Tombola hot se au die Niete zoge?

Des war die zweit Stufe vu dere Enttäuschung, aber sie hot au wieder ä guets Gfiihl i mir uusglöst. I hon nämlich den

»Freund« mit mir vergliche und hon so bi mir denkt, also de sell sei nint Rars, do dät i denn scho um einiges besser abschniede. Aber wenn des etz halt ihren Gschmack isch, no gschiehtere des grad recht, warum hot se au den Tralare mitbringe mösse, wenn se sich mit mir zum Kaffee treffe will.

Nadierlich hett i mei liebe alte Bekannte zum Kaffee eiglade, und zu me Kueche, oder zu me Eis wär's mir au it druf a kumme, aber i dem Fall hon i se selber zahle lo. Dem Trieler au no sin Kaffee zahle, fallt mer it im Schlof ei. Mer hond denn weng gschwätzt mitnand. Sie und i nadierlich nu. Er hot s Mul ghalte. Wahrschinli hot er gmerkt, daß er mir s Wasser it reiche ka, und des hot mi offe gschtande wieder richtig ufgschtellt. I some Fall wird denn die Enttäuschung wengle iberlappt, durch des Iberlägeheitsgfihl, und mer schtellt sich bim Ade-Sage ganz ufrecht ane, damit de ander au sieht, daß i fimf Santimeter größer bin als er. Eigentlich hett i sage mösse »Länger« und it »Größer«, aber i dem Fall war i mir sicher, daß des »Größer« schtimmt.

Ä ganz andere Art vu Enttäuschung hon i neilich erlebt. Die isch scho i den Bereich vu de Filosofie, vielleicht sogar Religionsfilosofie, mer känn au sage is Transzendente gange. Die Mei und i wared wieder mol uf em Friedhof, und uf em Homweg simer, wie scho so oft, a dem kläne Holzkäschtle vorbei kumme, wo glei am Eingang zu de Einsegnungshalle a de Mauer hängt. Oft scho sind mir a dem Käschtle vorbei gloffe und hond's garit beachtet. Aber des Mol war i so richtig i mine Gedanke versunke und hon glese, daß uf dem Käschtle schtoht: »Ein Wort für Dich – greif zu«. I hon blitzartig denkt, vielleicht isch etz do i dem Käschtle ä Wort, wo grad zu mine tiefsinnige Gedanke paßt. S isch sicher ä Wort us de heilige Schrift, wo etz grad uf mi zuetrifft. I lupf de Deckel vu dem Käschtle und will des Wort fir mi usehole, und wa isch dinne, i dem Käschtle? En kaputte Gummihändsche und no en zweite. Do hot sich ä Frau kone dreckige Händ bim Grabrichte mache welle, und wo die Händsche hii gsi sind, hot se die i des Käschtle tue. Offe gschtande war i arg enttäuscht, denn wa mir die Botschaft hett sage solle, hon i bis heut it kapiert.

Virus-Grippe

Des mit dem Virus isch viellicht ä elende Sauerei. Er isch efange scho iberall dinne, de sell Virus, und daß der sich nu uf lebendem Gewebe entwicklet, wie's im Lexikon stoht, des stimmt au scho lang nume, seit er sogar im Compjuter stecke ka. Und so en Compjuter isch jo alls, nu ko lebigs Gewebe. Mer ka hüt na kumme, wo mer will, iberall isch de Virus, und de ka'sch anelange, wo de witt, scho hoschen i de Händ, de sell Virus. Des woß doch etz efange scho jedes Kind.

Drum sotted d Leit au it so saudumm raus schwätze, wenn unsereins au mol en Virus gfange hot. Wen de triffsch, und vu wem mer schwätzt, alls hot etz grad Gripp, hot se ghet oder macht anere rum. Des isch sprochlich au it korrekt, daß me anere Gripp rummacht, denn eigentlich macht die Gripp an uns rum und it mir a ihre. Ha, und etz isches halt kumme, wie's hot kumme möße, i ho en au verdwischt, den Virus, sellen Grippe-Virus. S isch sogar en sogenannte Tandem-Virus, denn die Mei hot's au butzt. Wenn zwei mitnand Gripp krieged, no war des en Tandem-Virus, wo se do verdwischt hond.

Des isch ebbes selte Bledsinnigs, so ä Doppelgripp. Wenn se nu ons vu beide hot, no ka s ander im andere helfe. Wenn aber allbeid i de Wohnung umekräsled und sich a jedere Türe hebed, weil jeder Santimeter weh duet, wenn die Mei zu mer seit, gang hol mer doch au mol des oder sell, und i ka denn it glei folge wie normal, des giit Probleme. I moß denn alleweil zunere sage, wa heißt hol mer emol, i bring doch selber kaum en Fueß vor de ander, des sieh'sch doch, oder it! Die Mei isch halt gwähnt, daß i glei renn, wenn se ebbes brucht, bsunders wenn se kränklet. Etz funkzioniert des uf omol nume, do entstond denn sogenannte Stress.

I hon's grad no gschafft, daß i bi de Apedek no ä halbs Pfund Aschpirin gholet hon, denn hot's mi aber flach glegt. Weil i so langsam und so unsicher gloffe bin, hond mi nadierlich ä paar gfroget, jo wa isch au mit dir los? Wenn i etz gset hett, i ho en Virus, no wär des ä wisseschaftlich klingende Antwort, aber i hon jedesmol gseit, ha i hon halt Gripp. Jeder Mensch derf Gripp hon, do findet niemerd groß ebbes debei. Wenn aber unsereins ä Gripp hot, und mit unsereins mon i alle selle, wo i de Fasnet stark engaschiert sind, no saged se alle, wie us de Pischtol gschosse »so honder wieder räet wüescht tue iber d Fasnet!« Als ob mer d Gripp kriegt vum wüescht tue und it durch sellen Virus. I hon jedem glei gset, nei, i hon it wüescht tue, i war jede Obed um zehne im Nescht. No saged die meischte, ha, des ka au glaube wer will. Es isch ä zähs Vorurteil, wo sich it usrotte loßt, unsereins kriegt Gripp nu vom wüescht tue. Mol ganz under uns gseit, i glaub jo hartnäckig dra, daß de sell BSE-Virus vum Mensch ufs Rindvieh ibertrage wore isch und it umkehrt, denn wenn de ganz Wahnsinn vum Mensch ufs Rindvieh ibertrage wird, no ka de gröscht Ochs nume uf de eigene Füeß stoh. S ka scho sei, daß etz wieder ä paar saged, i hett aber ä miserable Meinung vum Mensch. Des isch mir grad egal. Warum froged se om au so bled »so hosch wieder räet wüescht tue«, wemer mol Gripp hot, obwohl se eigentlich wisse mößted, daß mer die vu sellem Virus kriegt.

Bim Zahnarzt

I minere Zeitung hon i neilich glese, do hot ä Patientin ihrem Zahnarzt während de Behandlung en Schneidezah use ghaue. Anscheinend hot der Zahnarzt d Bolizei gholt, und wo die kumme isch, hot die Patientin nu gmont, sie häb ihren Zahnarzt a ihrne Zahschmerze »teilhaben« losse. Im Hessische oemeds isch des bassiert, aber wie's zu sonere Handlung kumme ka, des verschtoht mer au bi uns do hunne. Abgsäeh devu, i mecht kon Zahnarzt sei und andauernd andere Leit i de Gosch rum mache, obwohl neilich en Zahnarzt zu mer gset hot, de Underschied zwische dir und mir isch garit so groß. Du gucksch de Leit ufs Maul und i guckene is Maul.

Wo i die Notiz glese hon, do hon i mi i die Frau versuecht nei z'denke, und s hot it mol lang brucht, bis i vollschtes Verschtändnis fir se ufbrocht hon. Guet, i kännt mim Zahnarzt kone uf d Gosch haue, scho deswäge, weil i en mag, und weil i mit em befreundet bin. Usserdem set miner glei am Afang: »Witt ä Schpritzle, oder probieremers zerscht mol so?« Mer will jo kon Feigling sei und probiert's zerscht mol so, aber wenn er denn mit sim Bohrer mit fimftaused Umdrehunge i de Wurzelkanal goht, no schteck i mei Heldetum uf und mach aaaaaa. No woß min Zahnarzt-Freund, daß er schpritze moß. Wenn i denn aaaaaa gmacht hon, schenier i mi all vor dere Helferin, und min Zahnarzt-Freund hot luter schäne Helferinne, mol weng schlanker, mol weng schtärker, aber alle hond se herzige Gsichter. I mach jo uf dem elektrische Schtuehl all d Auge zue, aber manchmol blinzle i weng i des herzige Gsichtle, aber i klapp d Augedeckel glei wieder abe, wenn se mit dem Absauger i minere Gosch umenandfahrt, und des gurglet und schnorchlet so uaschtändig.

I ka mer it helfe, aber vor däne herzige Mädle schenier i mi firchtig. Wenn i mit minere weit ufgrissene Gosch vor dem Mädle lieg, des isch fir mi genauso schlimm, wie wenn mer im Krankehaus so ä netts Schweschterle de Schieber bringe moß, weil i it ufschtoh und ufs Klo derf. I woß it, vielleicht sind mir falsch erzoge, aber do kriegt unsereins im Kopf ein Bluetdruck vu zweihundertfufzg, und ab em Hals isch alls bluetleer. Seller Zahnarzt im Hessische moß dere Frau aber scho aschtändig weh gmacht hon, daß die dem mit de Fauscht en Schneidezah i de Rache haut. Aber s giit so Moment, wo om so Gfiihl iberkummed. Min Zahnarzt-Freund goht denn use, is ander Schprechzimmer, und loot mi mit dere herzige Helferin elei.»D Ingrid macht dir no de Zahnschtei weg«, set er im Usegoh, und denn schafft des Ingridle ganz elei an minere Gosch. Etz mach i d Auge scho weng of, aber i ka it mol verbindlich lächle, weil die glei mont:»Weit aufmachen bitte!« Mit ere weit offene Gosch ka mer it lächle, und denn goht des Ingridle a de Zahnschtein. Guet Nacht um sexe! Us dem herzige Mädele wird pletzlich ä schmallippigs Weib, i de oene Hand ä Schpiegele ame Schtiel und i de andere so en Schaber, und mit dem fuhrwerkt se vor allem hinder de Zäh rum.

Der in Jahrtausenden ufgschtaute Haß uf des männliche Gschlecht ibertragt sich ufs mol uf mei Gosch, und us dem herzige Mädle Ingrid wird ä Frau mit Ingrimm. Mine Händ krampfed sich i de Schtuehl, s Herz krampft sich zamme, aber der genauso johrtausend alte Held im Manne leidet schtumm, bis se fertig isch und ufhört. Ihr Gsicht entkrampft sich und wird wieder ä Gsichtle, denn giit se mir en Schpiegel zum s Gebiss aaluege. Aber zerscht moß i schpüele. Sie lächelt, und i lächle au. Im usegoh sag i no zunere:»Die Leiden dieser Zeit sind nicht zu vergleichen mit der kimftigen Herrlichkeit ...« Aber des verschtoht des Ingridle it. Sie kummt von driiben und hot vum Paulus no nie ebbes ghört.

Is Loch oder denäbe

Wenn de als wieder mol monsch, s gäng der it so guet, wenn's der als wieder mol weng so jommerig isch und du monsch, du seiesch de Ärmscht, no giit's fir so ä Schtimmung en guete Tip. Gang eifach is näckscht bescht Krankehaus und lauf äwäng durch die einzelne Abteilunge, mon, do goht's der glei wieder guet, wenn de siesch, wie's om au go ka und wie's ander Leut goht. De kasch au ine Altersheim und dert weng umenandlaufe. Des ka om zwar weng depressiv mache, wemer sich iberlegt, wie des mol mit om were ka, aber s isch guet gege die Schtimmung, wo mer grad hot, mer goht nämlich wieder ganz zfriede hom und macht wiiter. Neilich bin i wieder mol i some Altersheim gsesse, wo i regelmäßig ane gang, zum ä Bsüechle mache.

Do isch die letscht Tante vu mir, und die isch etz sechsedachtzge, und sie ka nume laufe, no sitzt se halt mit andere Heimbewohner weng im Gang, und sie schwätzed weng mitenand, oder sie hocked au nu do und schwätzed nint. On vu de Maane, wo au all wieder mol weng zu dere Runde hockt, isch zweienünzge, aber no en Mordskerle. Der hot no Schprüch uf Lager und isch luschtig, und alle sind froh, wenn er als weng kummt und ebbes zu de Underhaltung dezue schteueret. Bi minere Tante schtimmt eigentlich alls, bis uf d Füeß und de Kopf. Sie isch luschtig und singt, und s gfallt ere guet i dem Heim, wo se it eloenig isch, aber d Füeß tond nume, und etz hot se mi a dem Tag, wo i se bsuecht hon, i fimf Minute sag und schreibe fimfezwanzg mol noch minere Frau gfrogt.

I hon fimfezwanzg mol zunere gset, daß die Mei etz grad weng Gripp hot. No hot se nu gset:»so so«, mei Tante, und glei druf, wie goht's au de Frau, wa macht se? Etz hon i it gwißt, soll i des Schpiel wiiter schpille, und hon weng verzweiflet zu dem zweienünzgjährige Maa num glueget, wie wenn i ihn froge wett, wa i au etz no sage soll. Aber de sell Maa hot nu glachet und hot nadierlich scho lang kapiert, daß mei liebe Tante oberum nume so richtig funkzioniert. Anschtatt daß der mir aber etz en Tip gäe hett, wa i etz zu de Tante sage soll, hot der mir en typisch alemannische Schpruch verzellt, wo er no us de Kinderzeit gwißt hot. Er hot nu weng glacht ums Mul rum und hot zumer gset:»Jo so isch halt s Läbe. De ei scheißt is Loch und de ander scheißt denäbe!«

Zwei vu däne alte Fraule hond glachet, mei Tante ibrigens au, aber i glaub, daß i de onzig gsi bin, wo wirklich kapiert hot, wa der Maa hot sage welle. I dem Sätzle isch nämlich die ganz Tragik vu de menschliche Exischtenz enthalte. Mer moß s Läbe meischtens näe wie's kummt. Im eine lauft's halt grad und im andere it eso. Der, wo s Loch all trifft, der isch guet dra, aber de sell, wo all denäbe trifft, dem, wo alls schief lauft, dem wo nix glingt, waner au afangt, de sell hot's denn scho weng herb, und wenn's di am End vum Läbe halt so troffe hot, daß es oberum nume richtig funkzioniert, no hosch scho weng Pech ghet. Woni denn wieder gange bi, hot der Maa bim Verabschiede nu no gmont:»Ihr glaubed garit, Herr Wafrö, wie froh i bi, daß i mit zweienünzge all no s Loch triff!«

22

Monoamine

Also mol ganz ehrlich, i hon scho immer en riesige Respekt vor de Wisseschaft ghet. Drum hon i au gern Umgang mit Professore. Do merkt mer nämlich erscht, wie bled unsereins isch. Zu jedem, wo anere Universidät isch, blick i nuf, au wenn der Betreffende nu d Heizung i dem Wisseschaftstempel bedient. Mer set jo it umesuscht »Alma Mater« zu de Uni, die »Nahrung spendende Mutter«, a dere ihre Bruscht d Studente selle Milch der Weisheit eisauged. Und s vergoht jo au ko Woch, wo it wieder en Ufsäeh erregende Bericht durch d Zeitung geischteret, wa se a dene Universidäte wieder Neus useklabuschteret hond.

Etz hond 23 Forscher i 16 Studie a zehn Universidäte i de ganze Welt iber de Vorteil vu de Symmetrie bim Mensch gforscht und hond usegfunde, daß sich die Ergebnis a 40 Tierarte beschtätiget. Also, die Symmetrie isch des Ebenmaß, die Gleichmäßigkeit vu verschiedene Teil zuenand. En symmetrische Maa hot vill, vill meh Schoose bi de Fraue. Wenn bi me Kerle die Maße stimmed, spart der Zeit und Geld, weil er die Wiiber schneller und – ringer gwinnt, als on, bi dem d Symmetrie it stimmt. En symmetrische Maa verspricht au ä gsunds Erbguet, und wa on mit eme schiefe Gsicht fir Kinder kriegt, sell woß mer it. Sie hond nämlich use gfunde, die Forscher, daß en symmetrische Maa ä Frau vill meh sexuell stimuliert. Des leuchtet mir total ei. Om, wo ä Ohr fehlt, zwei Schneidezäh und no drei Finger a de rechte Hand, uf den isch ä Frau it so scharf, wie uf en total ebemäßige.

Bi meh als 1000 Studente hond se des probiert, die Forscher, und etz isch mir persenlich au ebbes klar worre. Min linke Fueß isch anderthalb Santimeter kirzer als de rechte. Etz bruch i nume lang froge, do ka mer jo ko Frau sexuell stimuliere. Etz, wo des min Orthopäde i mim hohe Alter feschtgschtellt hot, hon i Einlage kriegt, i moß sage, etz goht's besser. Sie hond aber etz au endlich mol use kriegt, daß Luscht, Liebe und Treue durch Prozesse im Hirn gsteueret wered. Do hond se verliebte Manne und Wiiber i de Kernspintomograf glegt und hond noch dene neurochemische Ursprüng vu Liebe und Leideschaft glueget. Und guck emol do na, selle »Monoamine« mached uns verknallt, bringed uns ine Hochstimmung und lond uns de Appetit vergesse. Drum fressed die Verliebte kaum ebbes, wäge dene Monoamine, etzt isches endlich husse. I dem Kernspintomograf sind se aber au druf kumme, daß de Mensch sine Gfühl uf verschiedene Objekt verteile ka. Sie hond feschtgstellt, daß mer de Ehepartner ehrlich liebe ka, sich zume andere sexuell anezoge fihle, und mit eme dritte ka mer gleichzeitig sozusage Verkehr hon.

Des isch hochintressant fir ä christlichs Familieläbe. De Babbe isch zum Beispiel it symmetrisch, weil er abstehende Ohre und ä vill z große Nase hot. Trotzdem liebt en d Mamme, aber sie fihlt sich gleichzeitig leideschaftlich hingezoge zum Herr Pfarrer, aber de sell derf it, wäge dere Zölibatsgschicht, no moß se halt im Pfarrgemeinderot oder im Kirchechor luege, daß se en symmetrische oemeds findet, wo dennoch lueget, daß die Monoamine weng zu de Rueh kummed. Oder wenn d Mamme de Vadder froget »wo stecksch au hüt wieder so lang«, no ka der seeleruhig sage »ha, i hon no weng glueget, daß mine Monoamine wieder is Gleis kummed«. Also, moß sage, daß die heitig Wisseschaft s Zämmeläbe ganz schä erleichteret. Schad, daß die Forscher so schpot dehinder kumme sind.

S isch mind

S herbschtelet it bloß, de Herbscht hot richtig scho agfange. So isches wenigschtens im Kalender gschtande. Er isch früener kumme des Johr, de Herbscht. S isch scho im Auguscht ganz schä küehl wore, und im September hon i mei Heizung wieder aagschtellt, und i glaub, i bin it de onzig gsi, den wo's gschudderet hot. Dene Leser, wo mit dem Wort »gschudderet« nint afange känned, dene moß mer halt so seltene Wörter erkläre. Wenn's om schudderet, no »fröstelt« unsereins. Mi schudderet's also, wenn's mi fröstelt, und wenn's mich gfröstelt hot, denn hot's mi gschudderet. Do bruched etz die eigsessene Alemanne garit iberheblich lächle. S giit efange gnueg Wörter, wo vu unserm Dialekt längschtens verlore sind, wo kon Mensch meh kennt, usser ä paar schteinalte Lüt.

Etz, wo unsere Kinder scho im Kindergarte noch de Schrift schwätze tond, und wo's denn i de Schuel heißt, wenn en Bue oder ä Mädle mol en Brocke oder ä Wort im Dialekt seit:»Sprich bitte deutsch«, do isch ine paar Johr nume vill ibrig vu dem, wie mer mol bi uns gschwätzt hot. Ibrigens ghöret sellene Lehrer, wo zu de Kinder saged:»Sprich bitte deutsch«, uf de Schtell a d Ohre gschlage, denn ebbes Deutschers wie s Alemannisch giits garit. Drum sotted die Eingeborene de Zuegreiste vill meh behilflich sei, wenn die noch eme Usdruck froged, wo se it verschtond. Die Generazion, wo etz grad dra isch, hot vu vill Wörter ko Ahnung meh, wo de Vadder, d Muetter oder d Großeltere no känt hond. S isch schon so vill nume do, um des es richtig schad isch.

Froged doch mol en Bue oder ä Mädle, ob se no wissed, wa »lind« bedeitet. Mon, do kummed hüt scho en Hufe is Schleudere. Des»lind« kummt us em gliiche Topf wie sell Lied, i dem»die linden Lüfte wehen«. A linds Lüftle isch ä sanfts Lüftle, lind isch sanft, zart oder weich. Wenn d Modder am Samstig ä Siedfleisch-Suppe kocht, wo mer denn zum Hauptgang des Siedfleisch zu Salz-Herdöpfel und Rahnesalot ißt, no ka se voller Schtolz sage:»Des Suppefleisch isch hüt mol schä lind. De Mexer hot mer zerscht welle ä anders Schtuck gäe, aber i hon zunem gset, na na, des Schtuck will i!« Weil so ä Modder vu geschtern, natürlich kone vu hüt, weil die ime Schtuck Rindfleisch vu weitem aasieht, daß des lind und it zäh isch.

Vill Brötle, wo mer hüt kauft, sind lind, au no en Tag schpäter. Nu brucht mer denn ä Beißzange, zum des Züg abendand rieße, weil mer scho noch ä paar Schtund mit sottige Brötle d Schueh sohle kännt. Mer dät aber weich druf laufe!

Mer kännt eigentlich zu manche Brötle, wo mer hüt do und dert kriegt, ganz eifach sage, sie seied»mind«. Des isch au en Usdruck, der fascht ganz verschwunde isch, des»mind«. Es schteckt scho im minderwertig und i minder. Und all's, wa minder isch, isch schlechter, isch weniger wert oder au nu weniger. Mir Alemanne sind aber scho vu jeher weng maulfaul und kürzed Wörter und Sätz, wo mer nu känned. Weil minderwertig oder au nu minder vill z lange Wörter sind, hond se sich uf»mind« g'einigt, und des isch denn schlecht oder liederle. S isch bigoscht vill mind, wemer hüt weng um sich ume lueget. Wemer mol vu de Natur absieht, obwohl dert au scho mengs mind isch, weil de Mensch drinei pfuscht, no isch vor allem vill mind, wa de Mensch produziert, aber sell isch au ko Wunder, wenn de Mensch mind isch. Er isch aber im Grund gnumme no nie guet gsi, de Mensch. Nu hot mer so s Gfiihl, daß er zeiteweis minder isch als suscht, aber do ka mer nu wieder a sich selber umenandbäschtle, daß äweng ebbes drus wird, und des isch ä herbe Arbet, schtell i alleweil wieder fescht. Wenn de monsch, etz gäng's weng vürse mit om, no wird's glei wieder minder...

Affehochzeit

Hond ihr etz au die Zeitungsnotiz us Tokio gläse, wo en Pfarrer im »Affenshowpark in Ito« zwei Mensche-Affe mitenand verheirotet hot? »Jiro« und »Kaname-chan« hond die zwei Affe gheiße, und sie hetten sich das »Ja-Wort« gegäben, isch i dere Notiz gschtande. I moß ehrlich sage, des hot mi denn scho weng gwunderet. I hon zwar scho efters mol vunere Elefante-Hochzeit gläse, aber do hot sich's immer drum ghandlet, daß zwei riesige Firme mitenand fusioniert hond.

Daß mer uns recht verschtond, »fusioniere« hot nix mit Sex ztued, obwohl des Wort Fusion us em Lateinische kummt und uf deitsch »verschmelzen« bedeitet. Zwar handlet sich's bim Sex inere gewisse Beziehung au um ä Verschmelzung, aber im Grund gnumme äbe grad it. Sex isch en technische Akt. Wenn's nämlich ä Verschmelzung wär, no hett des ebbes mit Liebe ztued und Liebe und Sex isch äbe zweierlei. Sie saged zwar zum Sex au, sie däted »Liebe machen«, nu isch des insofern en Bledsinn, weil mer Liebe it mache ka, weil die nämlich ä Gschenk isch, wo mer mordsmäßig pflege moß, wenn se it glei wieder kaputt goh sott. Denn hot Liebe ebbes mit DU zum tue und it nu mit »ich«, und däne Sex-Techniker goht's um alls, nu it um ä DU. Etz bin i aber weng abkumme vu dere Fusion, vu dere Verschmelzung. Firme, Vereine oder Parteie känned fusioniere, ka mer mitenand verschmelze, und wenn sich's um große Firme oder Verein handlet, no saged se do Elefante-Hochzeit dezue. Nu vunere Affe-Hochzeit hon i bis etz, zu dere Notiz, no nie ebbes ghört. I känn zwar Ehepaare, wo dohom ä mordsmäßige »Fuse« hond, des isch aber no lang ko Fusion. Wenn die Fuse dohom so groß wird, daß mer hinde und vorne nint meh findet, wemer ebbes suecht, no ka mer konfus wäre.

Des ka mer aber au, wemer liest, daß en Pfarrer zwei Affe traut hot, wo sich sogar enand s »Ja-Wort« gäe hetted. S kummt jo ab und zue mol vor, daß Er oder Sie mit eme Affe sich traue lossed und hinderher iberhaupt nime wissed daß se sich des »Ja-Wort« gäe hond, aber wie so ä »Ja-Wort« bi zwei Affe funkzioniert, s duet mer leid, i ka mer des eifach it vorschtelle. Guet, in Japan saged se jo au it »ja« bi de Trauung. Vielleicht hot mer dert ä Wort defir, wo au en Aff guet sage ka. Mer kännt des jo bi uns au, wemmer uf em Standesamt oder i de Kirch die Brautleut frogt, ob se den oder die hier Gegewärtige zur Frau oder zum Maa nämen wetted, wa do menkmol fir Laute zschtand kummed. Die kännt au en Aff nochmache, wemmern wängle träniert. Oft hot jo Er oder Sie grad i dem Augeblick de Hueschte oder de Gluckser oder au nu en Frosch im Hals, so daß des sogenannte »Ja-Wort« sich scho weng affig aahöre ka.

Mer kännt bi uns jo au die Frog vu de Zuschauer binere Hochzeit: »Wa hot au der, oder die, fir en Aff ghürote«, aber des isch au wieder ebbes anders. Ibrigens glaub i it, daß des en katholische oder en evangelische Pfarrer war, wo die Affetrauung vorgnumme hot. Soweit sind die chrischtliche Pfarrer etz no it grad, daß se Affe traued, aber mer traut dere Sach jo efange nume, wer woß, wa no alls kunnt?

Selbstbildnis

De schpirsch's im Kreiz und i de Fieß,
de'sch s Alter, s schickt 'dr schäne Grieß,
gucksch i de Schpiegel, mosch de schäme,
schtatt zentnerschwere Wiiber schtämme,

des isch jo grad etz des Perverse,
hocksch du dohom und brinzlesch Verse.
Wa warsch du einscht en flotte Hirsch,
längscht gohsch du nume uf die Pirsch.

Du bisch betriibt, sogar beschtürzt,
weil kone meh die Lippen schürzt,
weil jede sofort vor dir flieht,
wenn sie dich nu vu weitem sieht,

ko onzige reißt din Blick vum Schtuhl,
vorbei wo's hieß, "Wauu isch der kuhl!"
Sie saged nu, mer ka's verschtoh,
wa will der alte Simpel do?

Wa hon i einscht defir gegeben,
wenn i hon känne s Händle heben,
domols war des de große Gäg,
heit heißt's, loß deine Griffel weg.

Do nitzt ko bruttle und ko bläre,
de kasch de it emol beschwere,
no zerrt me etz halt in Gedanke,
die Jugendzeit weng vor die Schranke,

doch wenn dei Kärrele ruckwärts fahrsch,
no kummt's der au, wie bled du warsch.
Schlagartig fallt's dir pletzlich ei,
so bled mechtsch heit aber nime sei.

Du denksch ufs mol, des mößt mi drucke,
uf sonere Techno-Party zucke,
ä liebe lange Nacht lang zapple,
und morgens sottsch de zämme rapple,

in Lade schleicht de Herr, de Zahme,
din Schef isch au no eine Dame,
die frogt dich bled,»warum so bleich,
wohl nicht auf Zack« und suscht so Seich.

Weil du als Nichts denn schweigen mosch,
sesch nix und haltsch am beschte d Gosch,
also Leit, sind mir it bees,
lieber alt, nu nume des!

Wa leided heit die Junge doch,
mit Ring in Ohr und Naseloch,
do denksch, die Mei und i, mir zwä,
jessesna, hond's mir zwei schä!

Mir hebed uns no a de Händ,
mir känned ufschtoh, wemmer wänd.
mir känned kumme oder goh,
esse oder bliibe loh!

Au s Alter hot, wer wills beschtreite,
wenn'd nu recht naagucksch, schäne Seite,
und schtatt in Schpiegel gucksch denäbe,
mon du, denn freit di wieder s Läbe!

Wenn i hirn iber's Hirn

Wa schteckt au, so frog i mi, hinder de Schtirn,
wa isch des fir ä Sach mit dem menschliche Hirn?
Solang de mit Mensche beschäftiget bisch,
daß de Bled au nie merkt, wie bled er isch,

und daß de Gschiide total ibersieht,
daß es rings um ihn rum no Gschiedere giit!
Mir kummt's all so vor, aber i hon it schtudiert,
des menschliche Hirn sei weng falsch programmiert,

denn wenn de Computer vu vornerei schpinnt,
no nützt ihm au s beschte Programm eifach nint.
Lies Zeitung, lueg Glotze, hör Radio,
do langsch' der an Kopf und frogsch, saged mol wo,

drum isch mer's allmählich zum Bewußtsei kumme:
De Mensch hot zwar ä Hirn,
nu funkzioniert's äbe nume!

Scharf schmecke

En Mensch, vor dem i en große Reschpekt hon, der hot mol zu mir den bedeitende Satz gseit: »S giit Sache, iber die schwätz i it emol mit mir selber.« Sowas derf mer nadierlich it zu sellene sage, fir die ko Tabu exischtiert. Und s giit etz grad gnueg sottene, fir die kon Bereich meh heilig isch, iber den mer eifach it schwätzt. S giit aber äbe au it nu heilige Tabu-Zone, s giit halt au sottige, wo om so peinlich sind, daß mer au it driber schwätzt. Und do bin i neilich wieder mol ine Gschpräch nei groote, wo saumäßig heikel und eigentlich ä Tabuzone isch.

S isch um d Lilo gange, aber sie hot nadierlich it Lilo gheiße, die Person, um die wo's gange isch. Lilo heißt se etz nu bi mir, weil des Kind halt en Name hon sott. Die Lilo isch ringsrum ä pfunds Frau, en Mensch, wo mer eifach möge moß, und drum mag mer se au, die Lilo. Mer mag se aber vill meh, wenn se it so noh um om rum isch, denn je nöcher die Lilo a om ane kummt, umso weniger ka mer se verschmekke. Etz, wa isch etz au des, wemer en Mensch guet leide ka, wemer den richtig mag, aber trotzdem ka mer den it verschmecke, wenn er weng z noo a om ane kunnt.

Des it verschmecke känne hot ebbes mit »schmecke« ztued. Aber des Wort bedeitet halt bi uns zweierlei. Wenn mir nämlich ebbes riechen, denn schmecked mir des. Wenn aber ebber weng riecht no schmeckt desjenige. Am beschte loßt sich des erkläre mit de sogenannte körperliche Ausdünschtung. Iber sowas schwätzt mer it, weil sich des it ghört, des bedeitet, daß des Thema tabuisiert isch. Wer an körperlicher Ausdünstung leidet, zu dem saged mir, er schweißelet. Schweißele kummt vum schwitze, aber s giit Persone, die schweißeled au, wenn se it schwitzed, und weil mer it so brutal sage will, der oder die schtinkt jo, da saged mir denn, der oder die schmeckt weng. Vielleicht saged mir au, der oder die schmeckt weng scharf. Denn isches absolut klar, daß der oder die schweißelet. Daß des etz aber klar isch, gmont sind it Persone mit Schweißfüeß, weil sell wieder ä ganz anders Schweißele isch. Gmont sind Mensche mit'ere körperliche Ausdünschtung, die wo halt so extrem riecht, uf alemannisch, scharf schmeckt. Und die Lilo, um di wo's etz do grad gange isch, die schmeckt wengle, wobei des Wörtle »wengle« scho arg undertriebe isch. S giit Täg, bsunders wenn's schä warm isch, do riecht d Lilo nime, do schmeckt se it weng, do schtinkt se eifach. Und drum ka mer se manchmol it verschmecke, obwohl mer se richtig gern mag.

Wer aber dät de Lilo sage, daß se scharf schmeckt? Kon Mensch set ebbes zu'nere, die Persone, wo um se rum sind, die gucked sich nu amel wieder mol vielsagend a. Aber mit vielsagend Aagucke isch halt no nix gschwätzt, und drum erfahrt die Lilo au it, daß se schmeckt. Sie selber schmeckt's nämlich it, und des isch des Komische a dere Schmeckete. Viellicht kummt's doher, weil sich de Mensch selber ganz guet verschmecke ka. Nu die andre schmecked des Gschmäckle. S ka sogar vorkumme, daß zwei Persone miteinand schaffed und beide schmecked. Aber jeder vu dene beide schmeckt nu de ander und it sich und behauptet, de sell dät all schtinke.

Etz hot ä Frau gset, sie dät dere Lilo anonym ä Großpackung 8 x 4 Seife schicke. Vielleicht dät'ere denn ä Licht ufgoh. Des Grausige a dere Schmeckete isch nämlich au des, daß die andere Lüt moned, die wo schmecked, däted sich it wäsche. Und i glaub fescht dra, daß des i de meischte Fäll it schtimmt. Sie nämen ko Mittel gege den läschtige Körpergeruch, wie's i de Fachschproch heißt. Mit some DEO-Spritzer wär sicher meischtens abgholfe, aber wer bringt des dem Mensch bei? Wer traut sich, de Lilo ebbes zum sage? Debei ka i zum Beischpiel die Lilo meh als guet verschmecke. Vielleicht isches ganz guet, daß se weng schmeckt, selle Lilo, denn wemer ebber z guet verschmekke ka, des fihrt meischtens zu Komplikatione.

Ko Händi

Nei, en moderne Haushalt sind mir kon. En moderne Haushalt hot nämlich immer s Neueschte, wa uf em Markt isch. Nix isch aber schwieriger, als etz grad en moderne Haushalt sei, weil des, wa mer geschtern kauft hot, morge scho wieder iberholt isch, weil die Technik so rasante Schprüng macht. Wa de heit kaufsch, isch morge nume »in«. Zum Beischpiel hond mir i unsere Familie ko »Händi«. I will mer au ko Händi kaufe, weil i ums Verrecke it woß, wa i mir fir ä Händi kaufe sott, weil's so vill Händi-Modell giit, daß do ko Sau meh draus kummt.

Mir sind altmodisch bi uns dohom, mir hond nu ä schnurloses Telefon. Des war au mol modern, aber des isch scho lang her. Mir nähmed des schnurlose Telefon alleweil mit do ane, wo mir im Augeblick grad sind. Wenn mir aber lang oemeds sind, wo mir grad sind, no ka's sei, daß die Batterie vu dem schnurlose Telefon so schwach wird, daß des Telefon nime duet. Mer sott's nämlich noch ä paar Schtund wieder mol uf d Ladeschtazion lege. Wenn denn s Lämple nume blinkt, isches wieder glade, unser drohtloses Telefon.

No ka mer's wieder dert ane mitnäe, wo mer grad isch, damit mer's au hört, wenn's tutet und ebber ebbes vu om will. I hon mir scho lang aagwöhnt, daß i unser Telefon vor allem mitnimm, wenn i uf em Lokus bin, denn jedesmol, wenn i uf em Lokus bin, no tutet unser schnurloses Telefon, und wenn's uf de Ladeschtazion liit, anschtatt bi mir im Klo, denn hon i alleweil kolossale Schwierigkeite, bis i us dem Klo a de Ladeschtazion bin, und wenn i's gschafft hon, isch der Anruefer meischtens wieder furt, weil's heit allene Leit jo firchtig pressiert. S loht jo au kon Mensch heit meh weng länger schelle als dreimol. No leged se meischtens wieder uf und mauled denn schpäter, sie hetted jo scho mehmol aagruefe, aber bi uns dät sich jo nie ebber melde, mir seied jo nie dohom!

Mir sind nadierlich fascht immer dohom, aber it alleweil glei am Telefon, au it a unserm schnurlose Telefon. Des kunnt doher, daß mir manchmol schlicht und eifach vergessed, wo unser schnurloses Telefon grad isch. Gsetzt de Fall, i hon's uf de Lokus mitgnumme, aber nume dra denkt, daß i's uf de Lokus mitgnumme hon. Etz hockt unsereins i de Kuche oder im Wohnzimmer, und des Telefon tutet und tutet, und du kasch it abnäeh, weil de nume wosch, daß dei Telefon uf em Lokus, iber em Waschbecke, uf de Ablag liit.

Etz tutet der Anrufer zwanzgmol, aber er tutet umesuscht, weil du i de Wohnung umenandsecklesch und des schnurlose Telefon suechsch. Der Anrufer schteckt's denn mit sinere Tuterei und denkt, mir seied wieder mol uf Mallorca, debei sind mir it mol in Steißlinge, sondern dohom, aber unser schnurloses Telefon isch im Lokus, aber i woßes nume. Etz sott i aber dringend au ebber aaruefe, aber i ka it, weil i mei Telefon it find. I dem Fall gang i zum Nochber num und ruef bi dem unsere Freundin a. Zu dere sag i denn, ruef du bitte bi mir a und leg de Hörer näbe ane, daß es bi mir so lang tutet, bis i mei Telefon wieder gfunde hon.

Etz tutet unsere Freundin nochere Weile und mir renned wie gschuckt i de Wohnung umenand und gond dem Tute noch, i de Hoffnung, daß mir des Telefon wieder finded. I allene Zimmer simer scho gsi, und des Telefon isch nirgends. Und a dere Ladeschtazion tutet's wie verruckt. Zmol schtell i fescht, daß es unmittelbar i de Umgebung vu de Ladeschtazion au tutet. I reiß unsere Lokustüre uf, und do liet des schnurlose Telefon uf de Ablag iber em Waschbekke. I leg uf und will unsere Freundin aaruefe, aber do kummt bloß s Bsetztzeiche, weil die scho lang vergesse hot, daß ihre Telefon bi mir tutet. Inzwische suecht sie ihre Telefon und merkt it, daß sie's uf em Schreibtisch vum Maa liege hot. De sell rueft ihre scho ä halbe Schtund a, und s isch all bsetzt. Er fluecht und denkt, mit wem schwätzt denn die Kueh so lang? Wie soll der au wisse, daß sie mir hot sueche helfe und etz selber sueche moß. Me kauft au ko schnurloses Telefon, und drum kauf i mir au ersch recht ko Händi!

Heit hot's de Deifel gsäeh

S schtimmt halt eifach, wemer menkmol zu sich selber seit »aber heit hot's bigoscht de Deifel gsäeh!« S giit so Täg, do lauft om au aber grad alls degege. S fangt scho a am frühe Morge. S giit jo Leit, die hond uf em Schtockwerk vum Schlofzimmer ko Klo, und sie gond z Nacht zum Brünzle no uf de Hafe. Do schellet de Wecker, und noch dem Motto »Morgeschtund hot Gold im Mund« will mer de Tag richtig flott aafange. Z ruck mit de Decke und use mit em rechte Fueß us em Bett und z Mitte ine i de Nachthafe, daß de bis as Knechle i dinere eigene Brünzlete schtohsch. Me rutscht denn i de Badwanne us und haut s Knie a de Wasserhahne, und denn bricht Zahbürschte ab. De witt denn a some Tag bsunders flott ussäeh und machsch ä Naß-Rasur. Do debi hausch der ä schäne Schmuttere a d Gosch, daß de glei mol ä Viertelschtund bluetesch wie ä gschtochne Sau. Bim z Morge-Esse loht des Brot usenand und en Drittel keit om i de Kaffee, daß er uf d Krawatt schpritzt, und de Honig vum zweite Drittel trüelet om iber d Hose, während die Süeße vum letschte Drittel dir iber d Händ tropft.

Des versetzt om denn leicht i so ä Schtimmung, wo mer mit em Auto ganz vorsichtig us de Garasch fahre sott, aber weil mer scho ä Granate-Wuet im Ranze hot, denn »heit hot's bigoscht de Deifel gsäeh«. Me giit aber ä bitzele meh Gas bim Zruckschtooße, und weil ä Wuet im Ranze alle Bewegunge wengle zackiger werre loot, hot mer ä winzigs Bitzele meh noch rechts am Lenkrad drillet. Etz knirscht's so blecherig bim us de Garasch fahre, und denn schteigt me nomol schnell us und rechnet blitzschnell, wa die Usbesserung vu dere Büüle am hindere Kotflügel mitsamt em Lackiere koschtet. Mit de letschte Reserve a Nerve kummt mer denn is Gschäft, aber do wemmer glei garit driber schwätze, wa dert wieder alls passiert isch. Uf alle Fäll kummt mer it pünktlich zum Lade use und macht no ein bis zwei Überschtunde.

Endlich isch denn de Feierobed kumme, und me hockt sich wieder is Auto. Aber vorher guckt mer nomol die Büüle am hindere Kotflügel a. Des schtimmt om denn so richtig ei uf den Feierobed, und denn fahrt me zue. Etz reißt me sich mit letschter Kraft zamme und fahrt ganz korrekt, daß jo nix passiert, it daß me no wäge Geschwindigkeitsiberschreitung zu allem ane no en Strofzettel kassiert. Exakte fufzig fahrt me, aber uf omol wird me blitzt. Weil des it sei ka, daß mer bi exakte fufzg Schtundekilometer blitzt wird, fahrt me nomol ums Viereck und mit vierzg nomol a de gliiche Schtell vorbei. Etz blitzt's nomol, und mer denkt, die sind doch it ganz sauber, do schtimmt doch ebbes it. Also nomol ums Viereck und mit 35 Schtundekilometer a dere Blitz-Schtell vorbei. Grad z Leid blitzt's zum dritte Mol, und etz denkt mer, lecked mich doch und so, des ka nu en Irrtum sei. Der Tag isch denn ohne weitere Vorkommnisse z End gange, usser, daß im Fernsäeh wider mol nix Gschiids gloffe isch.

Noch e paar Täg kummed mit de Poscht drei Verwarnunge mitenand, jede zu vierzg Mark. It wäge iberhöhter Gschwindigkeit, sondern weil de Fahrer des Pkw nicht »angegurtet« gsi sei. Do hett's doch eigentlich glangt, wemer nu omol a dere Blitzschtell vorbeifahre wär und it dreimol. Aber s giit halt so Täg, »do hots de Deifel gsäeh!«

Nix als Blueme

I woß it, ob ihr d Frau Schächtele känned. S isch eigentlich au egal. Uf alle Fäll isch se d Frau vum Eduard, und sellem saged se nu de Edi. Der wird vu de Wiiber all weng schief aaglueget, und durch en pure Zuefall bin i etz au dehinder kumme, wägewarum se den Edi weng schief aalueged. Mer gond beide zum gliiche Dokter, de Edi und i, und neilich simer zuefällig beide im Ärztezimmer ghocket und hond weng lang warte möße. Mir wared die letschte Paziente, und no simer halt weng is Gschpräch kumme. I hon nu zum Edi gset:»Aber dei Frau hot denn mol en schäne Garte ums Hüsle ume«. Do isches us dem Edi usebroche wie us me Vulkan, und er hot mir sei Herz usgschüttet. S war grad, wie wenn ä Wasserrohr platze dät.

Etz fang du um Himmels Wille it au no a, hot er gmont, de Edi. Alls schwätzt nu no vu minere Frau ihrem schäne Garte, und alle Wiiber ringsrum lueged mi schief a, weil se mi nie im Garte säned und all nu mei Frau. Und weil mer all nu mei Frau sieht und mi nie, moned alle die Wiiber, wa sie fir ä fleißige Frau sei und i en fuule Siech, wo nix duet, als sei Weib schaffe loo. I hon denn nu ganz vorsichtig gfroget, ja hosch denn du ko Freid a däne schäne Blueme?

Etz isch der Edi ganz rot aagloffe, und er hot losgschrudlet: Nei i hon ko Freid meh a däne Blueme im Garte, weil i iberhaupt ko Freid meh a Blueme hon. Die ganze Blueme känned mir gschtohle bliibe, i bin froh, wenn i meglichscht kone sieh. I hon denn nu mol ganz schnell dezwische gfroget, ja, wie isch au des uf omol kumme, des war doch sicher it immer eso.

Also wosch, hot denn de Edi gmont, die hot nämlich rade-butz nix meh im Hirn, usser ihrne Blueme. Scho am Morge schtoht se i aller Herrgottsfrüeh im Nachthemb vor däne

Bluemetöpf und rupft und zupft a däne Blättle und Blüemle umenand, falls oemeds ä Blättle nume so frisch isch oder ä Blüete scho weng blaß. I mach de Kaffee nadierlich selber, weil sie ko Ziit hot, weil se gieße moß. Mir hond aber i jedem Zimmer it on Bluemeschtock, sondern Schtucke fimf oder sechs, sottige Häfe. Mindeschtens fimf Zentner Geranie, trag i all Johr i de Käschte us em Heizungskeller uf die verschiedene Fenschtersimse, vu däne schwere Riese-Häfe mit Schpezial-Pflanze will i garit schwätze. Wo au nu ä winzigs Plätzle isch, schtoht a Waase oder ä Wääsle, und in jedem vu dene Wääsle isch ä abbroches Blättle, ä Blüetle oder ä Ablegerle. I de Badwanne isch meischtens Blueme-Erde zum Umtopfe, und im Zahnglas isch ko Zahcrem und ko Bürschte, do wird Efeu zoge. Im Lokus moß i zerscht de Griff vu de Wasserschpüelung sueche, weil alls zuegwachse isch, vu däne Hängepflanze. I bring näene ko Fenschter meh off und ko Buech meh us me Regal. Uf em Platteschpieler schtond zwei Alpeveilchen, uf em Kuchetisch ä Ikebana-Bschteck, und uf em Küehlschrank lampet de Aschperagus obe abe, daß mer Türe nume offbringt. I de Schpüele isch ä Kischtle mit Setzling...

Do hon i de Edi underbroche und hon zunem gset:»Ha etz hör aber blos wieder mol uf, do wirsch jo wahnsinnig.« No hot de Edi gmont, nei wahnsinnig bin i bis etz it wore, aber Blueme ka i kone meh säne. De Lautschprecher vum Wartezimmer hot denn tönt,»der Nächste bitte«, denn hon i möße goh, weil i etz dra war. I hon im Edi nue no schtumm d Hand druckt und zunem gset, i ka di verschtoh.

S jüngschte Gericht

I woß no ganz guet, wie des gsi isch, als Bue;
Am Obed bisch hom kumme, mit dreckige Schue,
und nadierlich hot d Modder a mir glei entdeckt,
daß der Bue halt scho wieder so bräselig schmeckt.

No isch denn, wie oft scho, mir dät's eigentlich lange,
i de Kuche, am Schüttstei, ä Verhör los gange.
D Wohret soll i sage und jo it afange liege,
suscht dät i mit em Kochleffel glei s Fiedle voll kriege.

»Gell,ihr hond wieder ebs agschtellt«, hot se mi gfrogt
und so lang bohret, a mir rumgmacht, mi bloogt,
isch wie en Kriminaler ganz dief in mi nei drunge
und hot des Geständnis sich eiskalt erzwunge:

»Gell, ihr hond wieder am Neubau, näbe dem Schacht,
obwohl i's verbote hon, wieder Feuerle gmacht?
Lieg's jo it no weg, sag jo und zwar laut
und du bisch wieder der gsi, wo d Streichholz hot klaut!«

Wa hosch welle mache, ka'sch de it mol beschwere,
i hon denn halt meischtens glei afange bläre
und hinder de Träne mi ä klei weng verschteckt.
»Sag jo etz und blär it, i hon's doch glei gschmeckt!«

Denn hot se mi aguckt, mit eme todernschte Gsicht:
»Du wirsch di mol umgucke, bim jüngschten Gericht!«
No bin i is Bett als, hon nint meh welle esse,
des hot mir glanget, denn der Satz, der isch gsesse!

S jüngschte Gericht, und des no uf d Nacht,
des hot mi als Bue total fertig als gmacht.
Wenn i do dra denk, des glaubt mir heit kon,
wa i mir im Köpfle do ausgmolet hon.

Der HERR kummt als Richter mit all sine Engel,
die hond Schwerter us Flamme, kone gwähnliche Bengel,
und d Mensche schtond do, vu Sünde ganz dreckig,
vill Leit, wo mi känned, und alle sind näckig.

Der HERR schlet sei Buech uf und do schtoht denn drin:
min Name und wa i au fir en Kerle als bin.
I schtand vor IHM dane, mit wachsweiche Knie,
und i sieh's doch ganz deitlich, alls guckt uf mi!

I ka's garit beschreibe, wie i mi do schäm,
zwar derf i in Himmel, mit sellem und dem,
aber bim jüngschten Gericht die Blamasch,
denn lieber mit em Kochleffel glei paar uf de Asch.

Im Traum bin i als lang no uf de Wolke rum pfurret,
und d Engele sind all mir um d Ohre rum gsurret,
mol flieged se hi, denn flieged se her,
und sie lached mi us,»guck au des isch doch der!«

S war als ufrichtig ehrlich, mei Obedgebet,
daß i minere Mamme etz folge als dät,
aber denn war i froh, des isch doch wohl klar,
wo's hell wore isch und wieder Morge denn war.

Heit glaubt mer as jüngschte Gericht scho lang nime,
und des isch eigentlich scho bitzle des Schlimme:
Jeder macht heit doch sei eigene Moral,
und wa mer so sieht, isch des scho weng fatal.

Wenn de Mensch nime glaubt, sei Lebe wird g' richtet,
no fihlt er sich fir nix meh und fir niemerd verpflichtet.
No macht er, mer sieht's jo, nu no des, wa'ner mag
und wa do drus denn wird, des erlebsch doch all Tag.

Ko Wunder, daß d Menschheit total fange spinnt,
wenn se mont, sie sei s Letschte, usser ihm, do gäb's nint.
De Mensch sei die Krone, und er schafft alls elei,
iber ihm, do gäb's nix meh, des känn garit sei.

I bin heit kon Bue meh und ä paar Jährle älter,
und menkmol hon i s Gfihl, uf de Welt wird's all kälter.
Die menschliche Eiszeit, des isch's, wa mi schticht,
s kännt doch sei, de'sch de Afang, vu dem jüngschte
Gericht!

Bedienunge

Sie sind selte wore, aber s giit se no, die Wirtschafte, wo om d Wirtin entgege lacht, wemer no under de Türe schtoht. Aber mer moß bi uns im Land scho Glick hon, wemer no so ä Lokal woß oder zuefällig findet. Am gschiedschte isches drum halt, mer goht do ane, wo se om kenned. Do wird mer denn it nu behandlet wie en Mensch, do wird mer menkmoal wieder richtig ufgschtellt, wemer vielleicht weng nebe de Kapp war. Do isch zum Beischpiel s Lokal propfet voll, aber d Wirtin set,»Fir ei zwei finde mehr scho no ä Plätzle.« Sie frogt denn, nochdem se mit ihrem Blick die Lage iberschaut hot:»Macht's eu was aus, wenn ihr a dem große Tisch sitzed?«

Nadierlich macht uns des nix aus, wenn no meh Leit am Tisch hocked. Wemer nämlich it grad zu de Allerbledschte ghört, no kummt mer mit dene Gäscht, wo scho do hocked, glei ine Gschpräch. Nu sott mer it uf se nei schwätze, wenn se grad am Esse sind. I fang au it gern en Dialog mit ebber a, wemer d Flädle vu de Suppe no us de Gosch lamped. Wenn denn no ä Bedienung s Herz uf em rechte Fleck hot, und des sind oft selle, wo au ä aschtändigs Herz binenand hond, wenn die denn no zu om set:»Des isch aber schä, daß ihr au wieder mol do sind«, no hot mer s Gfihl, mer sei dohom bi de Modder.

Grad am Sunntig, do mond se schwer schaffe, die Bedienunge. Bsunders i dene Lokal, die wo bekannt sind, daß mer do guet ißt. Do wo mir meischtens ane gond, die Mei und i, do kummt scho ä Suppe-Häfele uf de Tisch, bevor mer i d Speisekarte ine guckt hot. Und wa us dem Häfele duftet, des isch ko Plaschtik-Suppe, sondern one vu Hand gmacht. Mer frogt denn die andere Gäscht, wo mit om am Tisch sitze:»So schmeckt's?« Wenn se denn saged:»Jo, pri-

ma«, denn halted mir s Mul und saged hekschtens no »en Guete mitenand«.

Die Bedienunge rased umenand und traged uf und traged ab. Luter Mittelalter, gschtandene Wiiber, kone so magersüchtige dürre Hooke. Aber trotz saumäßig vill Arbet froged se om, wenn se s Apfelschorle uf de Tisch schtelled: »Wie goht's au alleweil, sind er alle gesund?« Des isch denn des, wa mer under »hoemelig« verschtoht. Do isch d Welt no echt heil. Und so ä echt heile Wirtschafts-Welt giit's bi uns umenand no gnueg. Mer moß se nu kenne oder finde.

Mer ka aber au saumäßig uflaufe. S giit it wenig sogenannte Lokalitäte, do gucked se de a, wenn de ine kunnsch, wie wenn de s letscht mol it zahlt hetsch. Sie lond de denn zerscht mol a Weile hocke, bis denn one kummt und ganz schpitzig set »bitteschön«! Scho a dem Ton und a dem Gsicht schpürt me, daß es dere schtinkt, daß i etz au no kumme bin. Aber anschtatt i denn sag »dankeschön« und ufschtand und gang, bliibt mer hocke und bschtellt, aber s wird it besser, wenn se dir dei Sach bringt.

S isch ebbes Eigeartigs. De Ton, die ganz Umgebung und de Gschmack vum Esse passed meischtens genau zamme. Bim Abtrage knurrt se denn no: »War's recht?« Wenn i denn mich ufraff und mit Heldemuet sag: »Jo, s isch gange«, no sieh i bim Usegoh us dem Lokal i de Auge vu dere schtrenge Serviererin ganz genau, wa se etz denkt, weil se nämlich denkt: »Wa des fir en Typ isch, hon i scho glei gsäeh, wo der zu de Türe rei kumme isch!« Wa nützt om etz i some Fall dere ihren Mini-Rock? Do mecht i dene gschtandene Bedienunge i mim Stammlokal am liebschte grad d Hand küsse.

Schwälble …

Wenn i am Morge als ufwach, und 's isch schä Wetter, wenn d Sunne am Himmel schtoht, und wenn de Himmel denn au no blau isch, no kännt i scho singe i de hekschte Tön. I loß des aber bleibe, weil i mit mim Gsang nu die Schöpfung beleidige dät. S Schicksal hot's welle, daß i direkt vum Bett us den blaue Himmel und die Morgesunne säne ka, und wenn denn no, wie all Morge, die Vögel pfiefed und jubiliered, no brucht mer min Lobgesang sowieso nume. Nadierlich juck i denn it glei us em Bett und mach so Fitness-Träning, nei i bleib lieber no weng liege und guck i de blaue Himmel, do wer i am beschte geischtig fit, und sell isch fir mi s Wichtigscht. Fir des bitzele Gymnaschtik isch all no gnueg Zeit. Etz wenn i so i den blaue Himmel lueg, no erläb i all wieder mol scho am früehe Morge so ebbes wie ä Wunder, wo aber gar ko Wunder isch, und 's isch eigentlich doch ons. Bi dere klare Luft flieged d Schwalbe höcher als suscht. Und am Morge, do flieged oft so Schtucke hundert uf om Haufe hi und her, wie wenn ä ganze Luftflotte voll Flieger ä Flugschau mache dät, aber ä Flugschau mit Flieger isch ebbes Langweiligs gege so ä Großgeschwader vu Schwalbe, wenn die am Himmel mitenand Kunschtflug mached. Alle zämme mitenand flieged die hi und her, ufe und abe, und des mitere Gschwindigkeit, daß mer de Kopf drille moß, wi bime Tennis-Mätsch, so schnell flieged die ihrne Figure. Des Wunder a dere Sach isch aber des, daß se ko Funkgerät hond, wo oner Kommando giit, wie und wo ane etz gfloge wird. Und doch wissed alle hundert Schwälble, ob's ufe oder abe, noch links oder noch rechts goht. Wie wenn se en Sender eibaut hetted, und wahrscheinlich hond se so ebbes ähnlichs, wie en Sender, so daß jedes vu däne hundert Vögele ime Bruchteil vunere Sekund woß, wie's fliege moß. Kons schtoßt mit eme andere zämme, 's giit kone Unfäll, und die Schwalbe-Flugschau lauft ab, wie wenn en Balettmeischter vorher alles eischtudiert hett, nu isch do kon Ballettmeischter, sondern die Schwälble flieged alle die gleiche Figure, weil se ihren Instinkt dirigiert.

Sie sind so ebbes wie programmiert, wie die ganz Schöpfung usserm Mensch. Der isch it programmiert, weil er en freie Wille hot und mit dem freie Wille mache ka, waner will. Und weil de Mensch mache ka, waner will, mag er it welle, wa andere welled, weil er nu will, wa er will, weil des fir de Mensch Freiheit bedeitet. Vill hot de Mensch scho begriffe, nu des mit dere Freiheit it. Drum klappt's au it, i de Familie, im Dorf und i de Schtadt, im Land und zwische de Völker. Wenn mir en Instinkt hetted wie die Schwälble, daß mir am Himmel alle die gleiche Figure fliege kännted, ohne daß on s Kommando giit, denn kännted mir uns zwar am Himmel frei bewege, mir wüßted aber it, daß mir frei sind. Wa nützt uns aber etz des, daß mir wissed, daß mir frei sind, wenn mir mit unsere Freiheit nix anfange känned und alleweil und bi jedere Glägeheit mit de andere zämmeschtoßed?

»Mäusle«

Mine Leser wundered sich all wieder mol driber, und sie froged mi, wieso i eigentlich die ehelichen Intimidäte zwische minere Frau, zu dere i »die Mei« sag, und mir i de Effentlichkeit behandle dät. Zum Beischpiel, wenn mir Krach dohom hond und wäge wa's den Krach gäe hot. Denn sag i immer, weil mir ä normale Ehe fihred, so wie ander Leit au, und weil's bi ander Leit genauso vill glepft wie bi uns. So isch nämlich s Läbe und i mecht in Gottsname schriibe, wie s Läbe isch.

Zum Läbe ghöred Kartoffeln, wo bi uns Herdöpfel oder Krumbire heißed. It alle Herdöpfel sind gliich, do giit's en Hufe verschiedene Sorte, und s kummt halt druf a, wa mer mit dene Herdöpfel vor hot. Dementschprechend kauft die Mei unsere Krumbire ei. I moß glei dezue sage, daß i so guet wie nint devu verschtand, drum goht au die Mei uf de Markt und it i, nu wenn se schwer zum Trage hot, no nimmt se mi mit. Lupfe ka i grad no, zu dem bin i it zbled, aber meischtens zu allem andere, wa de Haushalt betrifft. Manchmol holt die Mei »Mäusle« uf em Markt (Sieglinde). Des isch ä Herdöpfel-Sorte, die koscht weng meh wie gwählniche Krumbire, aber mit dene Mäusle ka mer am beschte Herdöpfelsalot mache.

Unsere Freund, aber vor allem i selber, mir wissed alle, daß de Herdöpfelsalot, wo die Mei macht, »extraordinär« isch, wie d Franzose saged. Des isch ko Sauerei und hot mit ordinär nix ztued. Extraordinär kännt me ibersetze mit ausgezeichnet, ganz große Klasse. Heit dät mer anschtatt extraordinär eifach nu super sage, und de Berliner Schwiegersohn mitsamt em Enkele, die saged halt, »Oma dein Kartoffelsalat ist einfach kuul!« Er isch aber garit kuul, er isch weng lauwarm, und er isch flutschig, er isch alls, nu it matschig, und doch isch under anderm Matschi (Maggi) dra. Er isch mit dene Mäusle gmacht, weil die selle äbe knackig sind, und wa it knackig isch, des isch ko Mäusle. Wenn die Mei ihren Herdöpfelsalot uf de Tisch bringt, no bin i als so begeischteret, daß i sogar »Mäusle« zunere sag. It wägem Knackig-sei, sondern weil ihren Herdöpfelsalot us Mäusle so flutschig-warm und äbe grad drum so kuul isch.

Neilich hot se wieder d Schüssel mit de gsottne Herdöpfel uf em Tisch ghet, und i bi näbedra ghockt und hon ime Buech gläse, daß mer d Auferschtehung it als Rückkehr is Raum-zeitliche Läbe begreife derf. Weil i nix kapiert hon, do hon i halt zueglueget, wie die Mei die gsottne Herdöpfel gschellt und glei donoch i d Salotschüssel gschnetzlet hot. S hetted solle Mäusle sei, aber die Mei isch richtig fuchsdeifelswild wore, weil die Herdöpfel mehlig gsi sind und alls, nu it so knackig wie Mäusle. Sie hett ausdricklich Mäusle verlangt und kone so große und sie heb jo au meh defir zahlt, wie fir gwähnliche Herdöpfel. Der Salot isch it fir uns gsi, sie hot en fir ebber mache solle, und etz hot se um ihren guete Ruf als Herdöpfelsalotmachere gfirchtet, wa i verschtoh ka. Guck nu mol her, wa se mir do ufdreht hond, hot se gmont, und i hon deitlich gsäeh, daß se tatsächlich it knackig gsi sind, sondern mehlig, die Salot-Herdöpfel. I hon denn nu gmont, s wird halt au sei wie bi uns. Au bi de Leut giits Knakkige und andere. Vielleicht sind se scho weng älter, die Kartoffel, no wird's au sie wie bi uns. Mer sind halt efange au ehnder mehlig wie knackig. No isch se wieder närrsch wore, die Mei. Sie kännt uf mei filusofischs Gschwätz gern verzichte. Des hett nint demit z tued, daß mer ihre it die räete Herdöpfel i de Korb tue hett. Etz, wa witt do wieder sage, am beschte se'sch nint und halt'sch s Mul.

Schwätze – laufe – schmecke

I gib's jo ganz offe zue, daß ebber, wo it vu do isch, wo unsern Dialekt it schwätzt, daß der sich schwer duet mit unsere Schproch. S fangt jo grad scho wieder a mit dem »schwätze«. Wir reden nicht, mir schwätzed, und bei uns heiß's it wir, sonderr »mir«. Drum gehen mir au it, mir gond. S ka nadierlich scho sei, daß mir ganged oder gönd. Do kummt's denn wieder druf a, wo mir it daheim, sondern dohom, dohuom oder dohoim sind oder send. Aber um nomol drauf zruck zkommed, daß mir schwätzed, des hot nix dodemit ztued, daß alls, wa mir saged, daß des Gschwätz sei. Nadierlich ka's sich bei unserm Schwätze um Gschwätz handle, um saudumms Gschwätz sogar.

Mir känned aber ebe au intelligent oder gscheid schwätze, und des ka en Schwätzer ebe it. Der schriftdeutsche »Schwätzer« redet in einem fort, er schwätzt iber alls und verschtoht meischtens vu nix ebbes, und ebe des grad isch de Underschied zu urs Alemanne. Die saged »laufe«, wenn sie gehen. Mir laufed also, wemer wo ane gond. Wenn der Schriftsprachler von laufen spricht, denn isch des bei uns »renne«. Mir kenned kon Endspurt, des heißt bei uns »saue loo«. Alles des, wa mer bei uns mit de Sau verbindet, isch nix wie eine Schteigerung. Wa bei anderen Volksstämmen schön isch, des isch bei uns schä, aber saumäßig schä, isch it schweinemäßig schön, sondern wunderschön bis herrlich.

Das Essen kann uns saumäßig guet schmecken, s ka aber au en saumäßige Fraß sei. Denn isch saumäßig nadierlich negativ und nix anders als die Schteigerung vu schlecht. Noch eme saumäßige Hunger, wa also en große Hunger bedeitet, do schmeckt's uns nadierlich, aber mit dem schmecke, des isch au so ä Sach, weil bei uns schmecke nämlich riechen bedeitet. »Schmecksch de Brägel!« heißt's im Schwarzwald,

und des ka mer ibersetze mit »riechst du die Bratkartoffeln?«
Wenn en Mensch scharf schmeckt, denn schweißelet der,
man riecht also seine Ausdünstung. Wenn ein Mann einer
Frau ein Kompliment für ihr Parfüm machen will, denn set
der zu ihre: Aber Sie schmecked vielleicht guet«. Vielleicht
kummt's denn so weit, daß sie ihn a sich schmecke loht,
drum saged se bei uns zum Parfüm au Schmeckerle.

Wenn aber ä Person kon Gschmack hot, sondern ä
Gschmäckle, weil se ebbes a sich ane gleert hot, wa fimf
Mark gege de Wind schtinkt, no frogt mer sich als, wa tragt
au die fir ä Nutte-Diesel? De Mannsbilder goht's it an-
dersch. Manch oner mont, er dei unwiderschtehlich
schmecke, debei schtinkt er wie en Fuchs im Winterpelz.
Do ka mer denn nu sage: »Gang au hom mit deim pour
homme!« S giit aber gnueg so Kerle, die juckt des it, und des
mit dem jucke isch au so ä Sach. Wenn's den schriftdeutsch
schprechenden juckt, no beißt's uns, no mond mir kratze.
Mir hond kon Juckreiz, uns beißt's. Neilich hot en liebe
Freund vu mir am Telefon gsagt, er heb ä Allergie, wo en arg
beißt. No hot sie Frau vu hindere vor gruefe: »Früener hot's
en gjuckt, heit beißt's en bloß no!«, und des isch halt scho
weng en Underschied!

De Opa im Krieg

Opa schtimmt des, daß du im Krieg warsch? Jo, i war no im Krieg, aber des war nix Schöns. Opa, hosch du do au gschosse? Jo, leider hon i au gschosse. Opa, wieso hosch du do gschosse? Weil se uf mi au gschosse hond. Wieso hond se do uf dich gschosse? Weil die hond uf mich schieße müeße, und i hon uf die selle schieße müeße. Opa, hond ihr enander richtig totgschosse, wie im Fernsäeh? Jo, mir hond enander richtig totgschosse wie im Fernsäeh, aber die hond it immer troffe, und i hon au it immer troffe. Hond se dich nie troffe Opa? Doch, mi hond se au mol troffe, aber nu uf de Bauch suscht känntsch du mi so bleds Zügs garit froge. Warum kännt i dich denn it froge, wenn se dich totgschosse hetted, Opa? Weil's denn dei Mami it gäbe hett, und wenn's dei Mami it gäbe hett, no hetts au dich it gäbe. Wieso hett's mei Mami it gäbe, Opa, wenn se dich totgschosse hetted?

Weil ich denn hett d Oma it heirote känne, und wenn i hett d Oma it heirote känne, no hetted mir kone Kinder ghet, und wenn mir kone Kinder ghet hetted, no gäb's dei Mami it, und wenn's dei Mami it gäb, no gäb's au dich it, aber etz sei so guet und loß mi wieder ä bitzele in Rueh, i moß doch no mei Artikele schreibe. Opa, hosch du mit einem Gewehr geschossen oder mit einer Pistole? I hon mit eme Gwehr gschosse, aber i mecht do nime driber schwätze. Wieso möchtsch du nime driber schwätze, daß du mit eme Gwehr gschosse hosch, des isch doch cool, Opa? Nei, des isch it cool, wemer ufenander schieße moß, des isch en Scheiß.

Opa, die Mami sagt immer zu mir, daß mer Scheiß it sage derf. Warum derf i it Scheiß sage, und du sagsch Scheiß? I sott des au it sage, abe's rutscht mer manchmol halt so raus. Wauw, Opa, i find des geil, wenn du Scheiß sagsch, Opa.

Mir wär's lieber, du dätsch it geil sage. Wieso soll ich it geil sage, Opa? Weil des ä Scheißwort isch! Opa, etz sagsch du scho wieder ä Wort mit Scheiß. Glaubsch, du gohsch mir etz denn angsam uf de Wecker mit dinere Frogerei. Opa, warum gang ich dir uf de Wecker wenn ich dich frog? Weil des so schwere Froge sind, wo du frogsch.

Warum frogsch du denn dein Papi it? Weil mein Papi it im Krieg war, Opa, denn kann i den doch au it froge. Der sagt nämlich immer zu mir, i soll de Opa froge. Opa, hosch du au Kanone und Flugzeug ghabt im Krieg? Nadierlich hot's im Krieg Kanone und Flugzeug ghabt, aber i hab kei Kanon und kei Flugzeug ghabt, nu ä Gwehr. Opa, hond die Kanone die Flugzeug runterschieße känne? O Büeble, kännted mir etz it vu ebbes anderm schwätze als vu dem Scheißkrieg? Au cool, Opa, etz sagsch du scho wieder Scheiß! Hör etz endlich uf mit dere blede Frogerei, und iberhaupt, wieso sagsch du denn andauernd cool, wosch du denn iberhaupt wa cool heißt? Cool isch doch geil, Opa, wosch du des it? Nei, des woß i it, aber i woß, daß i etz mei Artikele schriibe sott, und da ka i it iber de Krieg schriibe. Schreib doch mol iber mich, Opa! Wa soll i denn iber dich schreibe? Schreib doch eifach, daß ich des cool find, wenn mein Opa Scheiß sagt, des wär doch geil, oder findsch du it au, Opa?

De Schalter

Weil i zu sellere Sorte vu Mannsbilder ghör, wo de Schprudel selber us em Kär holed und it d Frau ge hole abe schikked, bin i am Mäntig wieder mol in Kär nab ge Schprudel hole, und nochere Weile hot die Mei durchs Hus gruefe, wo bliibsch au so lang, weil i nume ufe kumme bin. Am Schalter, wo mer bi uns s Liecht aamacht, hon i ufs mol den Knopf i de Händ ghet, a dem, wo mer drille moß, daß s Liecht aagoht. I dem Keller, wo i mei Werkzeig hon, hon i glei ä Taschelämple gholet und en Schrubezieher. Hon s Taschelämple is Mul gnume, a de Schalter zinslet und mit mim Schrubezieher de Deckel vu dem Schalter abgschrubet. Mit mim technische Blick hon i glei gsäeh, daß do ebbes abbroche gsi isch, und daß i do ä neus Teil bruch. I bi denn wieder ufe mit mim Schprudel, hon die Mei ufklärt und glei dezue gset, daß i des selber reparier, it daß se wieder mont, mer kännt mi zu nint bruche, obwohl sie mitsamt mir gwisst hot, daß mer am Elektrische nint selber mache sott, wäge dene elektrische Schläg, wo mer kriege ka, wo mer denn im Kär liege bliebt und nume ufe kummt. I bin trotzdem is Elektrogschäft und hon des Schalterteil zeigt, no hot der Elektro-Fachhändler glachet und nu gmont, so Schalter hett mer ghet i de Zwanzgerjohr. Wo i denn de Meinung war, no sei min Schalter also »antik«, also meh wert, als en neue, hot er denn nu gset, so alt sei min Schalter etz au wieder it. Denn hot er mir en neue verkauft, en Kippschalter, und nume so on zum Drille, daß s Liecht aagoht. Etz hot der neu Schalter aber nime do ane paßt, wo die Löcher vum alte Schalter wared, also use mit de Bohrmaschin und neue Löcher bohret. S isch mer denn glei ä Mordsschtuck vu de Wand vergege kumme, aber dehinder war en Schtei. Do isch denn min Bohrer nime wiiter gange, und wenns Loch it

groß gnueg isch, no hot au en Dübel kon Platz, des woß sogar en Dubel. I hon mer denn sage losse, daß mer mit eme Holzbohrer it ine Muur bohre sott, weil mer mit so om selte inen Schtei kummt. Etz hon i s erscht mol mine Bohrer aaglueget und feschtgschtellt, daß es do verschiedene Sorte giit. Aber uf zack, wie i halt mol bin, bin i zume Großmarkt, wo mer alle die Sache kriegt, wemer de Handwerker schpare will und technisch begabt isch wie i. Der Fachmann hot mir denn au glei die falsch Tube verkauft, zum die Löcher i de Wand wieder zuemache. Wo i mit minere Schpachtel vorschriftsmäßig des Zügs i die Löcher gschmiert hon, isch alls wieder use gloffe, und s hot ä Riesesauerei gäe, aber wo die Tube leer gsi isch, wared au die Löcher zue, nu war alls weich wie en Schpätzleteig, und wo i am andere Tag hon die Dübel ine mache welle, isch alls wieder use keit, und d Sauerei isch no größer wore. I hon denn des Glump mit Gips vermischt, und no hod's zum Schluß ghebt.

Etz hot aber so en Schalter Platz fir drei elektrische Dräht, und us mim Rohr sind nu zwei kumme. Immer, wenn i die zwei Dräht feschtklemmt ghet hon, hot ko Liecht brennt, aber Funke hot's gäe. I hett am End doch besser d Sicherunge use näe solle, aber i hon it gwißt welle, weil so vill Käschte im Hus hanged, und i kapier eifach it, weller Kaschte fir wa isch. Geschtern isch mer ufgfalle, wo i nomol die Dräht aaglueget hon, daß cn schwarz und de ander rot isch. A mim neue Schalter hot's zwei schwarze Punkt und en rote. I woß zwar it, wen i do etz am beschte froge sott, daß i mi it blamier, aber ons woß i ganz beschtimmt: irgendwenn mol brennt i unserm Kär wieder ä Liecht. Des wär no schäner, wenn i des it anekriege dät.

Strofzeddel

Die Welt, i dere wo mir lebed, isch voll Gefahre, und die Stadt, wo mir lebed, und die Städt näbedra it weniger. De fahrsch mit dim Auto vor ä Metzg ane und holsch schnell en LKW, en Läber-Käs-Wecke, und wenn de noch drei Minute wieder use kummsch, no hosch scho ä »Knöllchen« underm Scheibewischer. Eigentlich mößt des jo uf alemannisch Knöllele heiße, aber des isch äbe so ä norddeutsches Wortgebilde, des Knöllchen, so daß mer des halt it ibersetze ka. Früener hot mer Strofzeddel zu so ebbes gset. Du hettsch halt vor dere Metzg it halte derfe und parke scho garit. Etz kummsch us dere Metzg und nimmsch den Bußgeldbescheid vu de Schiibe und guckesch, und do schtoht denn druf, daß du etz vierzg Mark zahle mosch, und zwar an die Stadtkasse. Die erscht Reakzion isch doch bi uns allene gliich: »Heilanzak, so eine blede Sau! Schriibt mi uf wäge drei Minute und denn au no glei vierzg Mark. Do lungered die Faulenzer de ganz Tag umenand und hond ko andere Arbet, als de kläne Leit s Läbe schwer mache, anschtatt se ebbes räets schaffe däted, des Ziffer!« Schtimmt's vielleicht it, des isch doch die erscht Wuet, wo sich so entladet, und denn hocksch i din Karre ine und fahrsch oemeds ani, und scho halted se dich am End vu dere Stroß a, die Bolizischte, und saged zu dir: »Verkehrskontrolle, bitte Ihre Wagenpapiere und den Führerschein.« Wäge wa, witt du denn wisse, und denn saged se zu dir: »Isch Ihnen scho mol ufgefallen, daß Se nicht angeschnallt sind?« Deine Papiere sind in Ordnung aber din Führerschein hosch im andere Kittel, wo de geschtern aaghet hosch. Sie prüfed denn iber de Compjuter, ob du der bisch, wo de gset hosch, du seiesch der und der, und denn saged se ganz großzügig: »Sind Sie mit vierzig Mark einverschtanden?«

De nimmsch denn den Schein und fahrsch zue, und der Bolizei sagt denn nu no: »Gute Fahrt.«

Ganz ruhig bleibe, sag i denn zu mir, ganz ruhig. Aber noch hundert Meter leg i denn los: »Diese Arschlöcher! Wemer se brucht, sind se niene, und jeder Verbrecher goht ene durch d Latte. Aber do sind se Helde, im de Lüt schikaniere, die Saubande, die dreckig. Mit'ere Riesewuet im Ranze kummsch hom, und do liit en Brief vum Landratsamt. I mach en off und wa isches? En Bueßgeldbescheid iber achzig Mark wäge Iberschreitung vu de zuelässige Gschwindigkeit am Ortseingang vu Dingsbums. Etz hosch aber s Bulver scho verschosse, und s fallt dr nixmeh ei, wie und wa de schimpfe sollsch.

Etz isch der Punkt erreicht, wo i mi anehock und mit mir selber schwätz: Nei it die Ordnungshüeter sind die Rindsviehcher, it die Bolizischte, wo alle Tag uf de Stroß fir ä klei weng Ordnung sorge mönd. Du bisch der Idiot, wo nu ufs Gaspedal drucke ka und suscht nix. Mer schtellt sin Karre it eifach oemeds ane, au wenn's nu drei Minute sind, und me duet de Gurt ane, bevor's glepft. Me fahrt fufzg ab em Ortschild und it achzig.

Wenn alle däted, wa sie wetted und it wa se sotted, no wär zwar de Bevölkerungsüberschuß abbaut, weil se enand ztod fahre däted, aber s isch jo it gsagt, daß i denn zu sellene ghöre dät, wo übrig bliibe däted. Komisch, noch dem dritte Strofzeddel bin i ganz ruhig wore. I hon dene Bolizei und Hilfsscheriff Abbitte gleischtet und mir gschwore, etz fahrsch eifach mol so, wie sich's ghört. Scho am Tag druf bin i mit fufzg gfahre, do hot mi on iberholt, mit mindeschtens nünzg Sache. »Drecksau, fahrt me au so inere Ortschaft«, hon i vor mich ane gmaulet und nime a mine drei Zeddel denkt, wo i mir geschtern eighandlet hon. So isch de Mensch; und do soll d Welt besser were!

Verwählt

Die Mei hot sich verwählt. S wird etz glei wieder heiße, aber sell isch wohr, des hot se scho, wo se dich gnumme hot. Des ka scho sei, aber desmol hot se sich am Telefon verwählt. Sie hot welle ä Bekannte aaruefe und hot ä falsche Nummer verwischt. No hot sich anschtatt dere Bekannte ä ganz zarts Fraueschtimmle gmeldet, und die Mei hot glei gset, oh entschuldiged se bitte, i hon me sicher verwählt, Sie mond villmols entschuldige. Oh des macht nix, hot des zarte Fraueschtimmle gmont, des macht garnix. Schwätzed Se nu no weng wiiter.

Die Mei hot glei gmerkt, daß des ä älters Fraule si moß, wo do am Telefon isch, und des ältere Fraule hot au ganz lieb gfrogt, ob se weng Ziit häb, die Mei, und die Mei hot gset, jo jo, sie heb scho Ziit. No hot des ältere Fraule gmont, wissed Se, mit mir schwätzt de ganz Tag niemerd, i bi ganz elei. Vor fufzeh Johr isch min Maa gschtorbe, und unsere Kind sind wiit furt. Jedesmol wenn s Telefon klinglet, no frei i mi richtig, weil i hoff, daß ebber dra isch, wo ä weng Ziit fir mi hot und ä glei weng mit mer schwätzt.

So sind se denn richtig is Gschpräch kumme, des zarte Fraule und die Mei. Sie hond it lang noch eme Thema sueche möße, die zwei, denn iber wa schwätzed Fraue scho, wenn se Kinder hond? Die Mei hot aber glei gmerkt, daß des Fraule schwätze, also verzelle will, und wenn se bi ebber des merkt, no loset se zue, und des isch hüt ä seltene Kunscht, des ime andere zuelose. Fascht jedes, wo om begegnet, hot en Schprechdruck und will den los were, und weil bald jedes nu no vu sich schwätzt, hört fascht niemerd meh im andere zue.

Debii wär des Zuelose so wichtig. Mer ka jo fascht nie ime andere sine Sorge und sin Kummer abnäe, weil jedes fir sich elei mit sich fertig were moß. Wemer aber ebber findet, wo om zueloset, wemer sine Sorge und sin Kummer use loot und verzellt, no isch manchem scho ä glei weng gholfe. Mit ebber schwätze känne, iber sell, wa om druckt, des ka oft scho vill sei. Mer hot denn s Gfiihl, mer dät weng ebbes ablade, und wenn desell, wo zueloset, it glei mit Patentrezept kummt und mit dem blede Sätzle aafangt: »Ha du mosch halt«, wenn mer s'Mul haltet, wenn de ander verzelle will, wemer eifach nu zueloset, des duet guet und isch meh, als en Sack voll guetgmonte Rotschläg.

Am herbschte hond's selle Lüt, wo einsam sind, mit dene so guet wie nie ebber schwätzt. Elei sei, des hot de Deifel gsäeh, und drum ka mer verschtoh, warum und wieso des zarte Fraule am Telefon gmont hot, die Mei sei en Engel. Sie sei en Engel, weil se weng Ziit ghet hot und weil se so guet zuelose ka. I glaub, sie hond fascht ä halbe Schtund mitnand gschwätzt, des einsame zarte Fraule und die Mei. Wo i denn hom kumme bi, hot se mir nadierlich die Gschicht verzellt, die Mei, und mer hond glei iberlegt, wo's hekschte Zeit sei, daß mer wieder mol ane sott, zume Bsüechle mache, denn s hot vill, vill Einsame. Nu die Sach mit dem Engel hon i denn wieder weng relativiert!

Herr Klabutzke

Sehr geehrter, lieber Herr Klabutzke! Scho lang hon i Ihne mol schriibe welle, hon's aber alleweil wieder use gschobe, aber etz, wo mer Sie mit zuesätzliche Ufgabe betreut hot, etz wird's hekschte Zeit, daß i Ihne vor alle Dinge zerscht mol gratulier, zu dere schteile Karriere. Scho wo Sie no Abteilungsleiter gsi sind, hon i mir all denkt, us dem Maa wird no vill vill meh. Etz hot mer drei Abteilunge zämme glegt, und Sie sind de Schef wore.

De Herr Direkter Watzlaff hot jo au s Bundesverdienschtkreiz kriegt, weil er de Betrieb erfolgreicher gmacht hot. Er hot en schlanker gmacht, schtromlinieförmiger. Etz sind anschtatt dreitaused Mitarbeiter nu no fufzehundert do, do moß es doch vürse goh. Und Sie hond etz drei Abteilunge. Ha do moß mer doch under dere Verantwortung schier zämmebreche. Neilich hon i känne mit ä paar Mitarbeiter vu Ihne schwätze, aber do bin i sicher a die Falsche g'rote. Nint wie gmulet hond se, die drei Wiiber und die zwä Maane, wo im Schnellreschtaurant ghockt sind, wo i au z Mittag gesse hon. Sie däted all nu vu »Innovation, Information und Kommunikation« schwätze, aber no lieber vu »Motivation«. Neilich hetted Sie im Uftrag vu de Gschäftsleitung d Hälfte uf en Kurs gschickt, iber »Grundlagen der Kommunikation und Information«.

Die ander Hälfte, wo it hett uf den Kurs solle, die hetted sich denkt, mir sind die näkschte, wo's butzt. Die hond sich denn underhalte, mit sellene, wo uf dem Kurs gsi sind, und die hond verzellt, mer hett iber »unsere innere Landkarte« gschwätzt, iber »Vor-Urteile«, iber »Wahrheit und Liebe« iber »Widerstand und Konflikt in der Kommunikation« Pacing and Leading, Tit for tat). Drei vu dene fimf Bräseler, wo i bim Esse troffe hon, sind au i dem Kurs gsi, und alle drei hond gmont, den Bledsinn hett mer sich schpare känne.

Die ganz »Kommunikation« sei doch kalte Kaffee, wenn die Obere mit de Undere nint schwätze däted. Der Scheiss mit dere »Transaktionsanalyse« sei doch nu leers Gschwätz, weil's iberhaupt ko Information gäb, usser alle furzlang neie schriftliche Anweisunge, Änderunge und Abschaffunge vu dem wa bisher funkzioniert hot. Mer dät iberhaupt zu nint gfrogt were, alls däted se nu theoretisch vum Schreibtisch us entscheide, und die Planer hetted vu de Praxis it die leiseschte Ahnung.

Und do sott unsereins denn no »motiviert« were, hond se gmont, die fimf Bräseler. Allhek kämed neie Anweisunge, und one sei no bleder wie die ander, aber mer dät mit niemerd driber schwätze. Vor allem Sie, Herr Klabutzke, Sie däted morgens kumme, ebbes vor sich ane brumme, wa »guete Morge« heiße sott, und denn däted Sie sich i den Glaskaschte hocke bis z Mittag und noch de Paus wäred Sie wieder i Ihrem Kabäusle verschwunde.

Sie hetted no nie zu ebber gset, »das machen Sie prima«, aber all vu »Innovation, Information und Kommunikation« schwätze. Sie däted iberhaupt it wisse, wa des isch, hond die fimf gmont, aber »obe« seied se ganz zfriede mit Ihne! De alt Maier und d Frau Schöpperle däted Sie etz au use bugsiere, hon i erfahre, und do hond Sie recht. Nu use mit dem alte verkalkte Glump. Die Junge vu de Fachschuel hond zwar ko Ahnung vu de Praxis, aber motiviert sind se, und des isch d Hauptsach. Nix fir unguet, Herr Klabutzke, aber des hon i Ihne mol schriibe möße, und etz wünsch i Ihne weiterhin »open ears« und des richtige »feeling« fir Ihre Karriere. D Leiter schtoht jo scho, Sie mond nu no nuf. Mit eme herzliche Grueß Ihr Urban Klingele.

Hosch du ko Fax?

Also ehrlich, ächt, i krieg etz denn mol en seelische Knax, weil mi allhek on frogt »jo hosch du ko Fax«? Die blede Frog kummt alleweil denn, wenn ebber mir irgendwelche Underlage schicke sott oder i de Briefkaschte werfe, aber wer wirft om heit no ebbes i de Briefkaschte. Do mößt mer jo under Umschtänd ä paar Schritt laufe, und laufe isch doch viil zu ufwändig, vor allem wemer am Obed no ge tschogge will, do brucht mer sine Reserve. Aber i bin vum Thema abgschweift. Also wenn mir seller Oner Underlage schicke sott, weil i do drus en Artikel mache müeßt, no set der todsicher »i fax dr die zwei Seite schnell durch«.

Und wenn i denn zu dem sag, des goht bi mir it, no kummt äbe die blede Frog »jo hosch du ko Fax?«

Des isch aber it eifach nu ä Frog, des isch ä exischtenzielle Frog. Nei, it fir mi, aber fir ander Leut. Do isch en Underton dine, i dere Frog, wie wemer früener om gfrog hot, jo gohsch du am Sunntig it i d Kirch? Wemer do hä-ä zur Antwort gäe hot, no war mer grindlich unde durch. Des isch etz au andersch. Wenn de zunere Veranschtaltung am Sunntigmorge eiglade bisch und de sesch zu dene, wo di eilade, du kämsch weng schpäter, weil de no i d Kirch witt, no halted se dich fir e totale Hinterwäldler, on wo it nu hinderem Mond, sondern auch no hinder sellem Hale-Bob dohom isch. Ko Fax hon, de isch wie ä älters Fräulein vu anno dozumol, wo hocke bliebe isch, wo kon kriegt, wo kon verdwitscht hot.

Daß es zu allene Zeite au Frollein gäe hot, wo gar kon welle hond, des kapiert i de unsrige Zeit niemerd meh. Ko Fax hon, des isch wie ä kinderlose Frau im alte Teschtament. Do bisch näbe dusse, do fählt dir ä Glied, do bisch du ko vollwärtigs Glied der Gesellschaft. I ka garit schildere, wie mit-

leidig mi die Maane und Wiiber aalueged, wenn i uf däne ihre Frag »jo hosch du ko Fax« mit einem glasklare hä-ä oder au naa antworte. Seit i siebezge bi, isches ä klei weng besser worre, weil se sich saged, ha jo, bi dem alte Maa hot des jo au kon Wert meh, der dät des sowieso nime kapiere.

Woni aber no kone siebezge gsi bin, do honi us däne Gsichter deitlich lese känne, ha, etz wird er aber fange alt. Der isch aber scho schwer reduziert, wenn der it emol meh ä Fax hot. S giit aber au under däne Froger au no ächte Mitmensche, wo om denn bi de Verneinung vu dere Frog »jo hosch du ko Fax?« ä ächts Geschpräch aabieted. Mer hot bi däne des Gfiihl, daß die a mim Schicksal teilnähmed, und sie froged denn richtig teilnahmsvoll no weng wiiter. »Jo, hosch du au kon Compjuter«? Wenn i denn sag, naa, des hon i au kon, no frogt mer mi meischtens: Jo wie schpeicheresch denn du alle dine Text und dine Idee?« No sag i meischtens do druf, ime Schnellhefter und im Kopf. Des »im Kopf« wird meischtens iberhört, aber mit dem Wort Schnellhefter, löst mer fascht immer en Lacher aus, als hett mer äbe grad de heißeschte Witz verzellt.

Etz hot aber neilich äbber ä uralts Gedicht vu mir gsuecht und bi mir aagfrogt, ob i des no im Compjuter het. Bei ihm sei s Programm abgschtürzt und alle sine gschpeicherete Text seied futsch. No hon i zu dem gset, des macht nint. I hon gar kon Compjuter, i hon des Gedicht ime Schnellhefter. Sol i's dir faxe, no gang i schnell zum Helmut, der hot ä Fax! Und wa hot der zu mir gset, am Telefon? Na na, mosches it faxe, suscht isches am End wieder furt. Sei so guet und schick mer's mit de Poscht!« Offe gschtande, war i grad weng traurig, weil i uf mine alte Täg nime im Internet mitschwimme ka, aber uf des Telefongschpräch ane, war i wieder ganz zfride mit mir selber.

Schäne Fleckle

Ende Mai, Anfang Juni moß mer no weng heize, und de Pullover derf mer no it i de Schrank hänge. Guet, mer ka scho mol d Summerhose azieh und a manchem Dag mit ufkrempelte Ärmel am Hemed umelaufe, aber de Schirm sott mer i de Nähe hon, denn s Wetter isch no saumäßig aprillig. S blitzt und dunderet gelegentlich, und s renglet allhek, aber denn lueget d Sunne wieder fir ä paar Schtund hindevüre. Weiße und schwarze Wolke wechsled mit eme blaue Himmel, und ′s ka sei, daß en Luft blooset, daß es om de Huet vom Kopf nimmt, wemm′ern it dohom glo hot. Je nochdem, wo de grad bisch, ka′s sei, daß d Bedienung im Café ä Gsicht a de na macht, daß me Angscht kriege kännt. Weil se schaffe moß, aber uf de Terrasse ka se it serviere. Beides paßt ere it, und d Gäscht kotzed se sowieso a. Selber isch mer au it zfriede mit dem Wetter, und des isch de Fehler! Etz grad, i dere Ziet, isches im Hegau und am See fascht am schänschte. Die Gwitter und die Regegüß feged de Himmel und d Landschaft so blank, als wenn alles grad frisch gschtriche wär. Wenn denn no weng de Föhn blost und d Alpe a de See here schiebt, no sott mer it dohom hocke bliebe, und wenn mer ge schaffe moß, no goht mer no weng noch em Feierobed use i die Landschaft. Etz isch nämlich die Zeit, wo mer uf s Friedinger Schlößle sott. Hindere a des Känzele, wo mer uf de See num sieht. Des moß mer mol gsäne hon, wa des fir en Ausblick isch. Etz moß mer uf de Hohentwiel, uf de Krähe oder num uf de Hohehewe. Bi dere Aussicht vergißt mer uf de Schtell, daß mer im allgemeine schlechte Aussichte hond, oder mond, daß se schlecht seied, obwohl′s garit wohr isch. Etz sott mer mol uf de Hegaublick hinder Enge und uf des Land abeluege, damit′s om wieder weng wohl wird ums Gmüet. Etz sott me uf de Schienerberg und uf Radolfzell abegucke oder num i de Hegau. Wemer denn Wange zues lueget, uf de See abe, oder vorne ge Zell, no ka mer die schpitzige Dreieckle kaum zelle, so vill Segelbootle hot's uf em Wasser. Wenn de Luft gar schtürmisch blooset, daß d Schturmwarnlichter blinked, und nu die ganz waghalsige Segler no uf em See sind, no sott mer de Surfer zueluege, wie die uf em Wasser umenandfäged. Etz sott mer mol ge Alleschbach, und zwar nuf zum evangelische Kirchle, wo mer ufs Dorf und uf de See abe und uf d Reichenau num sieht und wo rechts dibe de ganz Hegau vor om liit, grad so, als hett en de Möritz gmolet. Etz moß mer uf de Areneberg, und etz sott mer ge Horn uf de Friedhof hinder em Kirchle. Etz liit des Überlinge do wie gmoolet, wemer z Dettinge a de Kirch schtoht oder oberhalb Wallhause num guckt. Mer hot jo it weit uf de Hoheklinge, und vu obe schtöred die Fremde in Stein am Rhein iberhaupt it, aber schäner zeigt sich des Schtädtle näene wie vu dert. Wemer alle die wunderschäne Örtle nochenand wieder mol bsuecht, no ka mer sich en Flug uf d Molukke schpare, denn oemeds andersch ka's doch wahrhaftig garit so schä si wie bi uns, im Hegau und am See. Mer moß es aber säne welle und könne!

Dohom esse

Dohom esse isch eifach ebbes anders, wie wemer uswärts ißt, oder oemeds eiglade isch. Dohom ka mer d Serviette obe i de Hemedkrage schoppe oder mit dem Kettele um de Hals hänke, wie en Suppetrüeler vume Kind, des schtört die Mei scho lang nume. Die hot sich scho Johrzehnte a die Tischsitte vu ihrem Alte gwöhnt, do macht se sich nix meh draus. Wemer aber uswärts ge esse got oder oemeds eiglade isch, do sott mer Verschiedenes it mache wa dohom no meglich isch. Känne dät mer's scho, aber wa en gebildete Mensch isch, der loot bliibe, wa die andere Leit au it mached. Bsunders i däne Lokal, wo se om kenned. Wo om niemerd kännt, do isches egal, weil die jo it wissed, wer mer isch. S goht au nix iber ä fäschtlichs Esse binere Eiladung zume Geburtstag oder suscht ebbes.

Do hon i denn fascht immer ä frischs Hemb a und mei beschte Krawatt. Do leg i denn alleweil d Serwiett uf de Schoß, wie's die andere au mached. Zwar will i se all obe i de Krage schtecke, aber do trifft mich en schtrenge Blick, wo die Mei mir zuewirft, oder sie tritt mi underem Tisch geg de Fueß, wenn se grad näbe mir hockt. Denn woß i glei, daß des heißt, tue au dei Serwiett us em Krage, des macht mer it, wemer oemeds eiglade isch. Denn kummt die Vorschpeis, en Meloneschnitz mit zwei Rädle Parmaschinke, des goht grad no. Aber denn kummt de Salotteller »mit frischen Blattsalaten«. Die hot de Deifel gsäne, die frischen Blattsalate. Mit Messer und Gabel, wo am weiteschte links und rechts usse lieged, zerkleinere i die Salotblätter oder druck se weng zämme, aber kurz bevor i die erscht Gabel i mei Gosch schtecke will, rollt sich so ä frisches Salotblatt wieder weng uf und schpritzt mir drei Tröpfle uf mei Krawatt. Die laufed denn hurtig no ä paar Santimeter a dere schöne Krawatt abe, und scho hosch drei aschtändige Trüeler uf dem koschtbare Lappe. Meischtens renn i denn glei use ufs Klo, wo denn de Handtuechschpender klemmt, no moß i mei Sacktuech under de Hahne hebe. Mer sott's bliibe loo, s wird nie besser, s wird all nu no minder. I gang denn z'ruck is Lokal und merk nadierlich it, daß mei Serwiett am Bode liit, und inzwische isch de Teller kumme mit däne glasierte Schweine-Medaillon. Mer nimmt weng Schpätzle und ä paar vu däne Krokette und weng Gmües. Mer hot jo all weng ä Hüngerle, wenn's nint koscht, saged se do umenand, aber Gmües und Schweines a onere Gabel isch zvill, und drum keit mer denn des kläne Fleischböllele sauber uf mei Hose abe und bliibt uf de Serwiett am Bode liege. Die Soß am Fleischböllele hot en markstuckgroße Flecke gäe, und wenn i etz zämmezell, wa des koscht, ä Krawatt und ä Hose zum reinige, no hon i a dem Obed nix gschpart, ehnder no drufglegt, denn wenn i dehom mei heiße Serbele und des Kautschukbrötle vu geschtern gesse hett, des wär mi billiger kumme, wie die Hose mitsamt de Krawatt. Etz bin i fescht entschlosse, daß i iberall, wo i zum Esse eiglade bi und au im feinschte Hotel mei Serwiett i de Hemedkrage schop. Wenn denn ebber indigniert, des heißt bled, zumer rumlueget, no soll die Mei halt sage: »Wissed se, i seim Alter derf mer des!«

Hoemetfeschter

Des mit dere »Heimat«, oder wie se do bi uns saged »Hoemet«, des isch denn scho ä eigeartige Sach. Eigeartig isch richtig, denn jeder erläbt Hoemet uf sei eigne Art. S giit aber au i unsere Landschaft so ganz beschtimmte Täg, do erläbt mer Hoemet mitenand und it nu fir sich sälber. S isch jo scho komisch, je meh de Mensch uf sich sälber zruckgworfe isch, je weniger er ä Gemeinschaftswese isch, und mir läbed jo etz grad inere Zeit, wo mer nu no individualischte sind, wo mer nume noch links und rechts, noch vorne und hinde lueget, sondern nu no uf sich sälber, umso meh proteschtiert des Individuum i uns, weil's it elei sei will. Weil's nämlich it guet isch, daß de Mensch elei sei. Des schtoht scho uf de erschte Siite vu de Bibel.

Je meh unsere Gsellschaft usenandkeit, je mehner se verbröselet i luter Egoischte, umso meh suechemer d Gemeinschaft, und zwar uf allene Fäschtle umenand. Jedes Dörfle macht sei Fäschtle und i de Schtädt jeder Schtadtteil. Und wo's kone Schtadtteilfäschtle giit, do giits Pfarrfäschtle, um jede Kirchturm rum giits all wieder mol ä Glägeheit zum ä Fäscht mache, und do isches denn alleweil glei gschtosse voll. Do kummed it nu die Fromme, do kummed au selle, wo nint oder ebbes anders glaubed. Aber sie kummed, hokked zämme uf de hirte Bänk, losed de Musik zue, trinked ihre Bier und essed ihre brotne Wurscht. Kaffee und Kueche sind nadierlich obligatorisch, s giit all no gnueg Fraue, wo umsuscht en Kueche backed oder au zwei oder no meh, und die wered denn gschpendet, äbe fir des Fäscht.

Wo ko Kirchefäscht isch, oder vorher oder nochher, do giit's sicher ä Weinfäscht, oder on vu dene viele Verein hot ä Jubiläum. Zum Fäschte giit's alleweil en Grund, und wenn's Ziebele sind, wo uf de Höri Bülle heißt. Wo weng en Berg isch, do fäschted se uf dem, und wenn no ä Ruine do dobe isch, no macht mer ä Burgfäscht. Am allerschänschte aber sind denn selle große Fäschter i unsere Landschaft, wo it nu die Einheimische sich treffed, wo d Leit vu weither kummed, weil's do au no ebbes zum luege giit. Guet, de Bluetritt vu Weingarte isch scho weng wiit ewäg vu uns, aber s Konradifäscht in Konschtanz isch scho weng nöcher do. Denn nadierlich uf de Reichenau d Markus-Prozession und s heilig Bluetfäscht. Ob etz der Evangelischt Markus tatsächlich uf de Reichenau isch, oder ob des mit dem Tröpfle Bluet hischtorisch isch, des isch de meischte Leut eigentlich egal. Daß aber die ganz Inselbevölkerung a däne Fäschter meh oder weniger beteiliget isch und des scho johrhunderte lang, des zieht d Mensche vu iberall her eifach a. S isch it nu des farbeprächtige Bild bi de Prozessione, und s isch au it nu die Volksfrömmigkeit, wo dief i de Mensche dinneschteckt. S isch no ebbes anders, nämlich des, daß do ebbes Wunderschöns isch, wa nu mir hond und wo's oemeds andersch halt it giit. En echte Radolfzeller juckt's halt zum hom kumme, wemer s Hausherrefäscht feieret. Ob etz die Knöchele, wo de Ratoldus hom brocht hot, ob die vum Theopont und vum Senesius schtammed oder it, des isch zweitrangig. Daß de Zeno Bischof vu Verona gsi isch, sell isch uf alle Fäll gwiss. Johrhundertelang hot mer die Reliquie aber i dene koschtbare goldene Schrein durch d Stadt trage, und so macht mer's hüt no. So wie d Italiener und d Spanier ihre Madonna, ihre Santa Madre durch d Stroße traged, die ganz Schtadt mitmacht und uf de Füeß isch, zigtausende Mensche ge luege kummed, so feiered mir a Deutschlands letschtem Zipfele unsere Fäschter. Damit de Mensch it alleweil elei isch, damit mir Tradizione am Läbe halted. Drum mached d Mooser ihre Wasserprozession. Weil mer bi all dene Glegeheite wieder weng schpührt, wa eigentlich zu uns ghört, wo mir dohom sind.

Hoemetkribble

Des hett i au it denkt, wo i aagfange hon, mit Mundart schriibe, daß des emol so usekunnt, daß me im ganze Ländle umenandreist und de Lüt zwei Schtund lang Gschichtle und Gedichtle i de alemannische Mundart vorliest. Und s wird all meh, anschtatt weniger. Do isch en richtige Hunger noch em Dialekt uusbroche. Im Neudeutsch dät me sage, daß do ä Marktlücke gsi isch. Debii isches iberhaupt it so, daß nu die Eingeborene, also die Einheimische, zu dene Mundart-Lesunge kummed, nei s kummed au Nordlichter, Zugezogene, wo mir Hergloffene dezue saged, obwohl unsere Vädder und Müetter meischtens au it vu do schtammed, wo mir etzt sind und so tond, als wäremer scho allewveil do gsi. Etz isches aber so, daß min Freund Heinrich mi alleweil fuxt, wenn i ihm verzell, daß i wieder oemeds ane sott, ge Mundart lese.

Weil er genau woß, daß zu dene Lesunge ganz selte junge Leit kummed, no set er meischtens:»So, machsch wieder Altepfleg!« Mer moß do glei dezue sage, daß er au nume de Jüngscht isch, aber des mit dem Alter isch halt ä relative Sach. Heit Morge hon i zum Beischpiel d Anni troffe. Mer hond weng gschwätzt mitnand, und denn hon i no so ganz beiläufig gfrogt, etzt sag emol Anni, wie alt bisch etz du? No hot d Anni gmont, ha i bi wahrhaftig au nume die Jüngscht, schtell dr vor, i bi fimfefuzge! No hon i zunere gset, Jessesna, bisch du no ä junge Frau! Nadierlich isch se des, wenn i se mit mir vergleich.

Und zu dene Lesunge kummed meischtens Fraue und Manne so ab Mitte vierzge. Des goht denn ufe bis dert ane, wo mer nint meh hört, nint meh kapiert oder nume laufe ka. Des isch mir scho lang klar wore, daß i kon Jugendschriftschteller bin. Fir die Alte moß aber doch au on schriibe, und vill Junge lesed sowieso scho lang nume. Denn kummt do aber no ebbes ganz Wichtigs dezue. Fir de Dialekt intressiert mer sich meischtens erscht, wenn de letschte Rescht vu de Eierschale hinder de Ohre abblätteret isch, und des isch früheschtens Ende dreißge. Bis dert ane schtürmt mer no naus i d Welt. Do reißt mer no Böm use, und dohom isch om alles z eng und z klei. Do isch jo nix los, drum treibt om s Fernweh in die große Städt, dert isch nämlich s Läbe, mont mer. Aber wenn denn die Mitte- bis End-Dreißger ame Wocheend wieder mol hom fahred, i de Hegau und a de See, no krieged se z mol so ä Kribble i de Bauch, wenn se vu weitem die Hegau-Vulkan oder ä Schtückle vum See säned. S moß denn nu no weng en schäne Tag sei, oder de Föhn schiebt de Säntis und die siebe Kurfürschte ä weng nöcher here, no ka's uf omol sei, daß es om »wohlet«, wie se im Thurgau saged. Und äbe des Gfiihl, daß es om »wohlet«, oder des Kribble im Buuch, des isch des, wa mer under Heimatgefühl verschtoht. Jesses, wa mached die Literate vu allene Richtunge fir geischtige Klimmzüg, wenn se den Begriff »Heimat« erkläre sotted. Do drucked se sich und winded se sich und hond ä Heideangscht, daß se i d Nööche vu Vaterland oder Muttersprache kumme kännted. Alls nu des it. Debei isches ganz eifach nu so: »wemer de Schturm und Drang weng im Griff hot, wenn's om wohlet und im Buuch kribblet, wemer vu weitem die Landschaft sieht, wo mer ufgwachse isch, no schpührt me uf omol, wa »dohom« isch, und des Dohom isch Heimat. Denn entdeckt mer allmählich die Schproch vu dohom, und des isch de Dialekt. Drum kummed so vill Leit zu dene Mundartlesunge. Weil se do wieder ä Schtückle vu dem Dohom spühred. Do isch'enes wohl, s wohlet ene also, und i hon so s Gfiihl, daß manche Lüt, wo zuelosed, daß es däne sogar manchmol weng im Buuch kribblet.

De Fäschtakt

Neilich hond se, wie sich's ghert,
im fäschtlich gschmickte Saal
en Hochverdiente firchtig g'ehrt,
fir mi war's weng ä Qual.

Schtucke siebe, acht hond gschwätzt,
und jeder grausig lang,
absichtlich hond'sen iberschätzt,
do denksch, schtand uf und gang!

Kasch oft it mache, wa de witt,
des hett saumäßig gschtört.
Du wosches, Mensch, des goht doch it,
bliibsch hocke, wie's sich ghört.

Denn endlich war die Ehrerei,
zwei Schtund war scho weng vill,
zugueterletscht denn doch vorbei,
die Lobmaschii schtoht schtill.

Jedoch bevor de Zirkus aus
und weil mer's halt so macht,
kriegt d Frau denn no en Bluemeschtrauß,
sie wird weng rot und lacht.

Etz schtoht mer rum und schwätzt mitnand
und kriegt ebbs geg de Durscht,
ä Mädle reicht mit sanfter Hand,
so Brötleszeigs mit Wurscht.

I hon uf Käs und Lachs rum kaut,
und s Mädle schenkt mer ei,
denn hon i mei Krawatt versaut,
des hett it möße sei.

Des Mädle hot so herzig guckt,
i schpür's und wer weng rot,
do hon i mi ufs mol verschluckt,
Lachs war grad uf em Brot.

I glotz des Kind a, wie en Frosch,
hon denkt, du gfallsch mer halt.
Do keit de Lachs mir us de Gosch,
Maa, etz wirsch aber alt!

Des giit mer denn scho weng en Knax,
kasch sage wa de witt,
entweder Mädle oder Lachs,
nu beides goht halt it.

In Zukunft woß i etz genau
und merk mir des au schwer:
mer guckt it noch 'ere schäne Frau
und frißt no näbeher!

KGNSCHT DES
NiX.

PNEUMA DES
GEISCHTES

80

Merde d'artiste

Wa mi halt alleweil wieder begeischteret, des isch des Thema Kunscht. Etz isch doch grad wieder mol die »Biennale in Venedig«. Die isch alle zwei Johr und ghört zu de wichtigschte Kunscht-Ausstellunge uf de Welt. Wenn de uf dere Biennale usschtelle därfsch, no hosches als Kinschtler gschafft. 60 Kinschtler us 58 Länder zeiged etz grad, wa se känned, und Deutschland isch vertrete durch ä Beuys-Schülerin und durch de Objekt-Gschtalter Gerhard Merz. Dem sei kinschtlerische Idee isch eifach genial. Wemer durch den deutsche Pavillon durchlauft, no sieht mer nint als den helle leere Raum. S isch nint dinne i dem deutsche Pavillon, usser dem helle Licht. Des Nichts i dem Raum, also des Nint, des isch des »Pneuma des Geistes«, und vu dem sott mer sich erfülle und erfasse loo, wemer durch den leere Pavillon durchlauft.

En Pneu isch en Luftreife us Gummi, aber Pneuma isch griechisch Hauch oder Atem. Des war bi de griechische Filosofe ä luftartige Subschtanz, vu dere mer aagnumme hot, sie sei des Lebensprinzip. Bi de Theologe war denn s Pneuma de Geischt Gottes, de Heilige Geischt. Des »Pneuma des Geistes« isch also en Bledsinn, weil Pneuma de Geischt jo isch. Mer lauft also uf de Biennale im deutsche Pavillon durch en leere Raum, wo nix als Bledsinn isch, aber der Bledsinn isch jo grad des Kunschtwerk. Etz hon i welle uf de Redakzion ä leers Blatt abgäe und hon gset, des sei ä Kunschtbetrachtung. Sie hond gmont, do sei jo nint druf, uf dem Blatt. No hon i gmont, des sei jo grad mei Betrachtung über die Kunscht des Nix. Sie hond mi mit dem leere Blatt wieder homgschickt, mine Kollege. Under de Türe hon i aber no zum Schefredaktör gset: »Vume Pneuma des Geischtes verschtond ihr uf alle Fäll en Dreck!«

82

So en Dreck schtoht ime Konservebüchsle im Kunschtmuseum vu Randers in Dänemark. S isch en ganz bsundere Dreck, denn under dem Büchsle schtooht uf eme Schildle: »Merde d'artiste«. Des isch französisch und heißt »Scheisse des Künstlers«. De italienische Kinschtler Piero Manzoni hot se us sim Lokus abgfüllt und i des Büchsle ine tue und verschlosse. Etz hot des Bixle aber afange roschte, und die Artischtemerde isch us dem Bixle use gloffe. S hot scho weng streng gschmeckt, i dem Kunschtmuseum, aber ä aaschtändigs Gschmäckle ghört zume Großteil vu de heitige Kunscht. Mer hett jo vu dere Merde d'artiste nint, wemer it weng ebbes vu dem Piero Manzoni schmecke dät, oder it. Intressant isch aber etz nu des, daß des Bixle mit 80000 Mark versicheret war, und etz verlangt de Leihgeber, also seller, dem wo des Scheiss-Bixle ghert, etz verlangt der vu dem Museum Schadensersatz in Höhe vu de Versicherungssumme. Er will also 80000 Mark fir des Bixle Merde d'artiste, vum Piero Manzoni. S isch nu schad, daß i kon Kinschtler bin, i dät ene ä Ladung Merde vu mir schicke, i dät's sogar umeinsuscht, us Liebe zu de moderne Kunscht. Etz bin i jo nu gschpannt druf, wievill echte Kinschtler vum Hegau und vum Bodesee ihre Merde-Bixle a des Kunschtmuseum vu Randers in Dänemark schicked! A de Höhe vu de Versicherungssumme kännt mer denn abläse, wie de Kinschtler sin Selbschtwert eischätzt. Mir persenlich däted scho fimf Mark firs Pfund lange, aber i heiß halt it Manzoni, des isch de Hooke!

Gälfiäßler

Weil's vill Lüt giit, wo it wissed, wo de Name Gälfiäßler her-kummt, wo des aber gern wisse däted. Also des isch so: s isch eigentlich ä Wort fir Badener oder Badenser, wo d Schwobe gern saged, well mer mit dem Name Gelbfüßler, also Gälfiäßler, sage macht, daß die Badenser au it schuld dra sind, daß s Pulver glepft, daß mir also scho weng bled seied, vor allem it gschiider als d Schwobe, wo sich i ihrem Volksliedle »Uf de schwäbsche Eisebahne« selber uf de Arm nehmed, indem se freiwillig zuegäbed, sie seied au it die Hellschte. Drum schtoht au uf allene ehemalige Grenzschtei zwische Baden und Württemberg »GB«, wa heiße sott, »Großherzogtum Baden«. D Schwobe hond aber fir des GB ä andere Version, denn fir die heißt des »Gleich Bled!«

Der schwäbische Bauer hot jo sei Goiß hinde a de Wage vum Eisebähnle bunde, weil er it gschnallt hot, daß des Bähnle schneller fahrt, als sei Goißböckle renne ka. Drum »findet er nu Kopf und Seil, a dem hindere Wageteil«. Und so sind die Badenser ebe au.

Weil beide Alemanne sind, d Schwobe und Badenser, sind se geischtig vielleicht weng hinde dra. Sie hond nämlich ih-rem Landesherr wieder de Zehnte abliefere möße, die ba-dische Bäuerle. Und wo de Wage mit Eier voll war, aber no en Haufe Körble voll am Bode gschtande sind, hond se sich gsagt, mer stampft jo s Heu auf em Wage au, daß meh Platz hot. Denn hond se halt die Eier gstampft und arg gelbe Füeß kriegt bei dere Arbet. Die Gschicht wird mol so und mol andersch verzellt. Manchmol handlet die Gschicht uf em Markt, und manchmol isch en Schwob debei, wo den guete Rot erteilt, mer känn die Eier doch stampfe, no ginged meh i den Korb oder in die Schachtel. Uf alle Fäll kummt do der Name »Gälfiäßler« her. Wer des it glaube mecht, der soll in

Gottsname halt dra glaube, des Wort käm us de Napoleonische Zeit, wo die Badische Truppe gelbe Gamasche trage hond, worum mer denn halt zu de Badenser oder zu de Badener »Gälfiäßler« gset, gseit, gsecht, gsaat oder gsoit hot. Ibrigens i bin gern en Gälfiäßler, nu hon i leider die gelbe Socke nime, wo mir mol mei Oma gschtrickt hot, aber irgendwo giit's sicher wieder mol ä liebe Badensere, wo mir wieder »gäle« Socke strickt, daß i au wieder en richtige »Gälfiäßler« bin.

Sie hot ä guets Herz

Also mol ganz ehrlich, wer vu uns kennt sich scho selber? Nadierlich mon i etz it, daß ebber woß, wie er heißt, wenn und won'er gebore isch und wo er wohnt. Nei, wemer devu schwätzt, ob ebber sich selber kennt, no mont mer de innere Mensch, also de Kern vu der Person. Etz kummt's nadierlich wieder schtark druf a, wa oner underem Kern vu sinere Person verschtoht. Under dem Begriff »Kern« mont mer eigentlich d Hauptsach, aber grad des isches äbe. Under de Hauptsach vu sich mont jeder wieder ebbes anders. Froged doch mol bi de Freund und de Bekannte, wa sie under de Hauptsach vu sich verschtond. Do mond'er lose, wa do alls use kummt, nu it de Kern vu de Person. S isch au it eifach, daß mer do dehinder kummt, weil hinder jedem Wort, hinder jedem Satz ebbes ande crs verschtande wird, nu it des, wa de sell mont, wo grad ä Feschtschtellung trifft oder ebbes frogt.
Wemer ime Freundeskreis is Gschpräch kummt, no schwätzt mer meischtens vu de Krankheite, do goht en Obed schnell rum. Und wenn grad alle gsund sind, wa selte vorkummt, no schwätzt mer iber ander Leit. Mer kummt den beischpielsweis uf selle Hilde, und nochere Weile sind sich alle driber klar, daß die Hilde, vu dere mer's grad hot, daß die scho ä Granate-Kueh sei. I moß do glei wieder sage, daß Kueh im Alemannische ko Schimpfwort isch, weil ä Kueh bi uns nix anders isch, als s Gegeteil vunere Intelektuelle, und weibliche Intelektuelle sind no minder als männliche. Etz hot aber under dem Freundeskreis on doch weng ä schlechts Gwisse, wäge dere Hilde. Vor allem weil se alle sich driber einig wore sind, daß se ä Granate-Kueh sei, die Hilde, und etz regt sich bi dem mit dem schlechte Gwisse sei chrischtlichs Gwisse, oder au nu sei mitmenschlichs

Gwisse, und er verteidigt die Hilde mit dem Satz: »Aber sie hot ä guets Herz, selle Hilde!«

Etz mößt doch eigentlich jedem i dem Freundeskreis klar si, wa der gmont hot, mit dem guete Herz. Er hot mit dere Bemerkung uf de Kern zielt vu dere Hilde, uf de personale Kern, uf d Hauptsach vu de Person. Wenn der Freundeskreis sich driber einig wore isch, daß die Hilde ä Granate-Kueh sei, no hond se dodemit sage welle, daß die Hilde it nu it die Gschiedscht, it die Hellscht sei sondern scho meh als schlicht sie sei nämlich saubled. Wär se nu schlicht, no wär se nu ä Kueh, aber ä Granate-Kueh isch saubled, und des isch scho weng vill. Etz will der Chrischt oder der Mitmensch die Ehre vu dere Hilde rette und set den Satz mit dem guete Herz. Do druf ane hot selle Sigrid gmont, »vu wäge die und ä guets Herz, grad letschte Woch hond se ihre en Katheder gschobe und gmont sie brüch en Beipaß!« Des Schlimme a dem Freundeskreis isch aber gsi, daß niemerd ufgfalle isch, daß eigentlich it die Hilde die Granate-Kueh isch sondern selle Sigrid, aber so isch unsere Gsellschaft. Weil mer unsern Persone-Kern nume känned, sind all die andere bled, nu mir it!

Montag

Mei Thema fir die Woch war eigentlich scho ausgreift, i hett nu no anehocke und schriibe solle, aber denn isch der Montag kumme, zu dem se do bi uns Mäntig saged. S war kon bsundere Mäntig, sondern en ganz gwähnliche, aber je gwähnlicher en Mäntig isch, umso schlimmer kaner au sei. D Sunne hot it gschiene, aber schwül isches gsi. Nu ka des nint demit ztued hon, daß a mim Fahrrad ufs mol ebbes kläpperet hot, wo i mit dem Rädle i d Stadt gfahre bin. Wos denn zmol so tue hot, wie wemer ufere Harfe schpiele dät, und des Rad so langsam wore isch, als wenn i bremst hett, do bin i abgschtiege und hon nochglueget. Etz isch mei Radschloß wegglampet und zum Teil scho weng a de Speiche gstreift, drum die Harfetön.

Mit mim technische Blick honi glei gsäeh, daß do ä Schraube gfehlt hot. I fahr zu de Fahrradwerkstatt, aber die Spezialschraube hond die it ghet. Etz hond mir in Singe gottseidank no ä Gschäftle, wo mer Eiseware kaufe ka. Do kriegsch hüt no alles, wa de suscht niene meh kriegsch. Wenn de dene nette Kerle ä Schraube zeigsch, no renned die is Lager und suechet so lang, bis se die gliich Schraube finded, und wenn se ä halbe Stund sueche mönd. Dem Gschäft ghört en Kulturpreis, denn wa die de Kundschaft bieted, des isch no klassische Verkaufskultur. I hon mei Schraube gnumme, und i de Werksatt hond se mi elei mache loo, weil se sicher gsäeh hond, wie technisch begabt i bin. Wo mei Schloß denn wieder feschtgschraubt war, isches nime gange. De Werkstattbesitzer hot denn nu gmont, daß do doch no zwei Underlage aneghöred, weil des ohne selle nie funkzioniere kännt. Mer hond denn auch no zwei Underlage gfunde. One isch am Bode gläge, die isch abekeit, wo i die zweit Schraube use dreht hon, die ander homer us eme Schächtele use gfischt, nochdem mer vieredreißig Schächtele offgmacht hond. I hon denn des Schloß mit de Underlagschiibe und de Schruube wieder ane brocht, aber s Wasser isch mer vum Kopf trüelet. Bim Uszieh vum Kittel bin i mit dem a de Schelle hange bliebe und hon s Innefuetter vum Kittel verrisse. I honen iber de Ständer vum Fahrrad glegt und hon nomol die Schraube prüft, no isch mer de Kittel vum Ständer grutscht, direkt ine kläne Öllache. Die hon i vorher it gsäne, aber etz war des Öl a mim Summerkittel, und wo i den Kittel so a mi ane heb und lueg, wie dreckig er wore isch, hot mei Summerhose vu dem Öl au no weng ebbes abkriegt. Etz hon i mei Fahrrad gnume und bi i de näkscht Telefonzelle. I hon welle die Mei aruefe, sie soll mer au ä andere Hose i d Reinigung bringe, i het Hose und Kittel dert losse, aber wo i mei Telefonkärtle ineschopp, pfiift's do nu alleweil, und die Schrift am Apparat zeigt »Karte wechseln«! Etz wechsle mol ä Telefonkärtle, wenn de kos meh hosch. I bin denn i mei chemische Reinigung, hon vu dert us die Mei agruefe, sie soll mitere frische Hose kumme. Sie hot mer die Hose denn au brocht, und i hon mi i de Reinigung umzoge. Etz hot se aber wisse welle, wieso i mi it dohom umzoge hett, und wie des kumme sei, daß d Hose und de Kittel voll Öl sind. Etz hon i ihre des mit dere Schraube am Fahrradschloß erkläre welle. Daß i nämlich die Reparatur selber gmacht hon, damit se it so vill koscht. »Und etz«, hot se gmont, no hon i zunere gset, wa heißt »und etz«? Ob die Reparatur etz billiger kumme sei, wemer die Reinigungskoschte vu de Hose und vum Kittel dezue rechne dät. Des war denn der Punkt, wo i früener usgraschtet wär, aber d Weisheit vu mim Alter hot gsiegt. I hon nint gset als: »Gang, fahr du mit em Auto wieder hom, i kumm mit em Fahrrad denn hindenoch!« Denn bin i aber no ine Café gsesse und hon mer ä große Porzion Eis bschtellt. Uf dem Kalender a de Wand isch in riesige Buechstabe »Montag« gschtande.

Wetterfühlig

Uf die Frog »sind Sie wetterfühlig« mößted vill Lüt eigentlich sage: »Naa, i bi nu grätig, wenn s Wetter it schä isch.« Etz soll bloß kon kumme und sage; des sei en Bledsinn und Er oder Sie sei it vum Wetter abhängig, wa die seelische Grundschtimmung oder eifach nu die ganz normale Laune betrifft. S isch aber au scho weng ebbes dra, daß bi uns de Summer meischtens kon räete Summer isch und de Winter kon räete Winter. Des isch doch de Grund, wägewarum im Summer so vill dert ane flieged, wo alleweil oder meischtens d Sunne scheint. Wenn se denn im Winter no ge Schiifahre wänd und s hot näene niene kon Schnee, no sackt bi manche d Laune abe bis is Hosefidle. Wenn etz ebber mont, den Uusdruck hett er au no nie ghört, no moß i dem sage, daß i den nu gebraucht hon, weil i de gwähnliche Uusdruck fir unschicklich halt. Normalerweis set mer nämlich bi uns eifach nu »Mei guete Laune isch total im Aasch«. Weil i die wüeschte Wörter ebe au garit mag, hon i etz dodefir den Uusdruck »Hosefidle« aagwendet.

Eigentlich hon i aber nu driber nochdenke welle, daß mir alle meh oder weniger »wetterfühlig« sind. Wenn's andauernd ränglet oder schifft oder seicht, wie se bi uns saged, no sackt om doch d Schtimmung ab, oder it? Und wenn's so schwül isch, daß mer scho ä nasses Hemb kriegt, wemer nu ä Flasche Bier vu de Kuche is Wohnzimmer trage sott, des hott me halt eifach it gern. Wenn's aber denn wieder so kalt isch, daß de's schudderet, wo mer goht und schtoht, aber s kunnt kon Schnee zum Schiifahre, der hanget nu i luuter schwarze Wolke iber de Landschaft, daß mer de ganz Morge s Liecht i de Kuche it abschalte ka und z Mittag ersch recht it, do keit doch die schänscht Laune i de Kär abe. Des Luschtige do dra isch des, daß denn die Junge genauso grätig sind wie die Alte. Allerdings hetted die Alte meischtens weng meh Grund zum bräsele, als die Junge, weil sich bi de Ältere s Wetter au i de Knoche und suscht no wo bemerkbar macht, obwohl vill Ärzt saged, me sol it alls ufs Wetter schiebe. So en Bledsinn schwätzed aber meischtens nu die junge Dökter. Wenn se denn selber weng i d Jährle kumed, wo's denn afangt mit klemme, no moned se ehnder, ha s kännt viellicht doch weng am Wetter liege! Wenn's om bi so trüebe Täg d Schtimmung is »Hosefidle« haut, so sott mer sich weng a ebbes ufheitere. Am beschte känned des die selle, wo iber sich selber lache känned.

Die bruched nu mol in Schpiegel luege und weng mit sich selber schwätze, no mond se villiecht glei wieder lache, wenn se den Mensch säned, wo se do aaguckt. S giit aber gnueg sottige, die känned halt nu iber ander Leit lache und fir die giits en guete Tip: am beschte ka mer iber de Mensch vu heit lache, wemer'n ime Supermarkt beobachtet. Noch eme kläne Schpaziergang i some Riese-Lade, bsunders wemer sich weng i de Nöche vu dene Kasse ufhaltet, isch mer i kurzer Zeit wieder ufgschtellt. Hei, sind die Maane und die Wiiber grätig, unluschtig, muulig, bruttlig und widerwärtig. Es isch eine Augenweide und en Ohreschmaus, wemer de ganz normale Lüt zuelueget und sich driber freie ka, daß mer it zu däne ghört, weil mer selber scho weng besser isch. Saumäßig guet funkzioniert des au anere Verkehrsampel. Eifach nu naaschtoh und die Gsichter vu de Autofahrer aaluege, wo a dere Ampel halte mond. Wemer sowieso des Gfihl hot, daß d Welt bald undergoht, no woß mer au wägewarum, wemer ä paar Minute die Gsichter gsäeh hot. So ka om die Sauschtimmung vum sogenannte Umfeld die eige Schtimmungsbattrie wieder uflade.

De Kalte Krieg

Also wer glaubt, daß die Zeite vum sogenannte »Kalte Krieg« vorbei seied, der isch schwer uf em Holzweg. Nadierlich wird it gschosse, und sie gond it mit de Flieger, de Panzer und de U-Boot ufenand los. Der neie Kalte Krieg wird mit geischtige Waffe uusgfochte. Nu derf mer it glaube, daß die geischtige Waffe ebbes mit geischtvoll ztue hetted. Wemer zum Beischpiel enand Roßbolle aawirft, no sind Roßbolle au Waffe, nu wa fir, und bi däne Krieg mit geischtige Waffe wird meischtens meh mit geischtige Roßbolle gworfe als mit em intelligente Florett gfochte. De gröscht geischtige Kriegsschauplatz etz grad isch de Kampf der Geschlechter, Wiiber gege Maane.

Do giit's Büecher und Sendunge im Radio und im Fernsäeh, do ka mer als Maa nu no mit de Ohre schlackere. Mer schämt sich richtig, daß mer en Maa isch, wemer so ebbes glese, ghört oder gsäeh hot. Mer mecht grad zum Tierarzt und froge, ob er om it schnell kaschtriert, aber bi unsereins isches sowieso z schpoot. Des Schicksal, daß mer als Matscho gebore isch, moß mer etz halt no gar durchtrage, do hilft alls nint. Etz giit's aber no ä neue Front, i dem Kalte Krieg, wo etz grad schtattfindet. Momentan mached die Alte Front gege die Junge, weil zerscht die Junge Front gege die Alte gmacht hond. S bräselet scho lang, und die Junge sind scho lang elend sauer uf die alte Faulänzer, wo nu no fressed und suufed und ihrene Rente verbutzed.

Der Witz, daß mer die Alte etz ab siebzge iber d Schtroß jagt, wenn d Ampel uf Rot schtoht, der hot zwar scho en Bart, aber er wird all wieder mol aktualisiert. Des moß mer sich mol vorschtelle, dreißg Millione Deitsche sind iber fufzge. Bi däne junge Ufschteiger isch des die »Kukident-Generazion«. Und äbe des alte Glump hockt zwar jede Tag iber zweihundert Minute länger vor de Glotze als die Junge zwische 14 und 29, aber die Junge sind kauffreudiger und vill, vill intressanter fir die sogenannte Werbewirtschaft. Die alte Simpel falled nume so schnell uf die schtumpfsinnige Werbesendunge rei, die hebed ihre Gärschtle zämme und tond's uf ihre Schparbüechle. No fahred se wieder ä halbs Johr uf sell Mallorca abe, wo d Sunne scheint, aber dert kaufed se au wieder nu s Nötigscht und it den Scheiß, wo se im Radio und im Fernsäeh all furzlang aapreised. Drum wänd se etz die Sendunge schtreiche, bsunders bi däne Privatsender, wo meh die Alte aalueged, anschtatt die Junge.

De »Bergdoktor«, s »Glücksrad« oder »Bitte melde Dich« solled us em Programm fliege, zugunschte vu Sendunge, wo selle vu 14 bis 49 zuelueged, weil selle vu de Werbung uus gsäeh meh und schneller kaufed als die Grufti, Ötzi und Komposchti, wo bi jedere Rock-Kapelle umschalted und Techno für en Scheiß aalueged. Etz hot mer aber ghört, daß die Alte uf Barrikade go wänd und behauptet, sie hetted de Pulver und it die Junge! Under uns gset, i bin bloß gschpannt druf, wie des mit däne neue Kalte Krieg wiiter goht, wo mit däne raffinierte geischtige Waffe gfiihrt wäred!

S Büdsche

Also wa ä Büdsche isch, sott eigentlich jeder wisse. Gschriebe wird des »Budget«, aber s giit halt leider en Hufe Wörter i allene Sproche, wo mer anderscht schriibt, als daß mer se schwätzt. So ä Büdsche isch nint anders als en Haushaltsplan, und den schtellt mer uf, damit mer ungfähr woß, wa mer fir Einnahme und fir Ausgabe hot. Und des Ufschtelle vu dene Koschte, zu dem saged se »büdschetiere«. Des wär alls räet und guet, wenn us dem Büdschetiere it i de letschte Johr ä Krankheit wore wär, wo so ziemlich alle Betriebe, alle Ämter und öffentliche Anschtalte ergriffe het. Wie en Virus hot sich des Büdschetiere iberall ine gschliche und macht selle Mensche, wo mit dem Büdschetiere ztued hond, schier wahnsinnig. Iberall, wo Lüt schaffed, ganz egal, wa se schaffed und mit was und fir was se schaffed, alls moß efange büdschetiert were.

Morgens, wenn de kummsch, drucksch dei Kärtle ine Stempeluhr und ab dere Ziit, wo die Uhr gstemplet hot, koscht jede Stund, wo du do schaffsch, oder wo du au it schaffsch, koscht jede Stund, sage mer mol siebzg Mark. Du kriegsch nadierlich kone siebzg Mark i de Stund, aber s Büro, wo du hocksch, de Stuehl, de Schreibtisch, din Kompjuter und deine Kugelschreiber, die koschtet mitsamt dim Gehalt ungfähr siebzg Mark. Des isch nadierlich saumäßig niedrig aagsetzt, aber s isch jo nu ä Beispiel.

Etz mond die siebenehalb Stund, wo du dine hocksch und schaffsch, oder au it grad schaffsch umglegt were uf die andere Abteilunge, wo mit dir ztued hond oder behaupted, sie hetted mit dinere Abteilung ztued. Selle, wo des behaupted die belaschted dei Abteilung, und du belaschtesch wieder andere, und so belaschtet die ei Abteilung die ander, so daß es nu no belaschtete Abteilunge giit, und die

Abteilunge, wo denn am meischte belaschtet sind, die wäred denn ufglöst. Entweder wäred d Lüt entlasse, und d Arbet mached andere, oder mer macht die Arbet nimme, wo so belaschtet war, oder mer giit dere Abteilung en andere Name. S giit it wenig Firme oder öffentliche Anstalten, wie zum Beispiel de Rundfunk oder s Finanzamt, do hocked die Mitarbeiterinne und Mitarbeiter de ganz Tag nu umenand und büdschetiered, zum Schaffe kummed se nume. D Induschtrie isch au ä leuchtendes Vorbild. Die rum und num Schieberei vu de Koschte isch ä richtigs Gsellschaftsspiel wore. Wenn des nu it so gfährlich wär. S giit Fraue und Männer, die gond nime uf de Lokus, weil der Arbeitsausfall vum Verlosse vum Arbeitsplatz bis zum Ziehe vu de Wasserspülung under Umständ sechzg Mark koschte mößt. Mer derf sich garit vorstelle, wa en Mensch fir Geld verschiißt, wenn er zuefällig mol de Pfibbes, also Durchfall, hot.

Am schlimmschte trifft's die Abteilung, wo Dienschte leischted. Mer glaubt it, wa heit s Hofkehre koscht oder am Obed des Leere vu de Babierkörb. Wenn ebber binere Werkzeug-Ausgab ä Bohrerle holt, wo i de Eisehandlung ä Mark koschte dät, no koschtet die Ausgab vu dem Bohrerle sechzg Mark, wo mer dem Abholer vu dem Bohrerle büdschetiere moß. Wenn ebber inere Werksbibliothek ä Büechle leihe sott, no wird sei Abteilung mit fufzg Mark büdschetiert. Klar, daß der us luter Angscht, daß er s Büdsche no meh belaschtet, lieber nime nochliest, wo mer die Löchle bohre sott. Er bohrt se halt noch em Gfiihl oemeds ine, s wird denn scho rächt sei. Des macht den Bohrersmann kreativ und schpart Koschte, weil mer nix büdschetiere moß. Vill Mitarbeiter lüeged au eifach bi dem Büdschetiere und belaschted niemerd oder irgend ebber. Au des förderet des geischtige Wachstum und verhilft unserm Fortschritt zu alleweil neue, größere Höheflüg, und meh brucht's jo sowieso it.

D' Weschmaschii

En Mensch läbt im Durchschnitt so um die Fimfesiebzg rum, ä Weschmaschii verreckt ugfähr mit zwelf Johr. Des bedeitet, daß de Mensch i sim Läbe ungfähr sechs und ä Viertel Weschmaschine verbraucht. Unsere Müetter hond no vu Hand gwäsche, und die Mei isch au scho hoch i de Dreißge gsi, wo se die erscht Weschmaschii kriegt hot. I ka mi no guet erinnere, wa des fir ä Ereignis gsi isch, wo mir uns die erscht agschafft hond. Andächtig sind mir vor dere kreisrunde Scheibe ghockt, die Mei und i, und hond glueget, wie sich die Wesch i dem Kaschte im ringrum bewegt hot. Und i woß no guet, wie i zunere gset hon:»Siehsch, Schätzle, etz bruchsch Du Dich nime abschinde mit dere Wesch, des macht etz in Zukunft alls d Maschii«! Sie hot mi domols no mit dankbare Auge aglueget, aber des isch scho lang her.

Heit lueget se nu no kritisch. Des kummt devu, wemer durch die moderne Technik die Wiiber verwöhnt. So noch zwelf Johr homer denn ä neue brucht und etz isch die Mei vor ä paar Woche ganz kleinlaut zu mir a de Schreibtisch kumme und hot wieder mol so vertraulich d Hand uf mei Schulter glegt. Wenn se des duet,. no woß i ganz genau, no will se ebbes, wa vill koscht. Vadder, hot se gset, die Mei, Vadder, d Weschmaschii macht's nime lang, i glaub, sie isch am Verrecke. I hon nu no gmont, au des no, no hon i ihre den Rot erteilt, sie soll doch mol de Kundedienscht hole, damit der lueget, ob se auch tatsächlich hii isch.

De Kundedienscht isch au kumme. Er hot de Schleudergang eigschalte und glei gmont, do bruch er garit lang luege, des hör er scho am Geräusch vu de Maschii, die sei i de letschte Züg, und er dät dringend zunere neue rote. No simer halt one kaufe gange, die Mei und i, und mer hond it emol gschtritte im Gschäft, mer wared uns glei einig. En Vollautomat vu de Ökoline homer bschtellt, und nochere Woch ischer glieferet wore, und mir wared glieferet, weil mer it nu die neu Maschii hond zahle mösse, sondern auch no de Abtransport vu de alte.

Eines Tages macht mers mit de alte Leit au wie mit de alte Weschmaschine. Mer zahlt so um die fufzg Mark, no holed se de Großvadder oder d Großmamme mit eme Kärrele ab, no wäred se entsorgt. Vielleicht ka mer no ä Nierle oder ä Leberle oder suscht ä Ersatzteil bruche, aber Hauptsach isch, daß die Junge denn Rueh hond und die Alte ewige Rueh. Bi de Weschmaschine isch's weng andersch. Do kummt jo ä neue für die alt. Do wäred manche Ehepartner froh, wenn se s alt Modell gege ä neus ustausche kännted. Aber so ä neue Weschmaschii isch ä tolle Sach. Früener hot mer halt zwei Knöpf ghet: on fir s Programm und on zum Ei- und Usschalte. Etz wo mer älter wird und im Hirn nume so gelenkig, etz hot mer ä Weschmaschii mit zwelf Knöpf. Do giits en Programm- und en Temperaturwähler, ä Schon-, Fein-, Wolle-, Energiespar-, Halbspar- und zwei Schleudertaschte. Do hot mer ä Taschte, daß die Glastüre offgoht, und one zum Ei- und Usschalte vu dere Maschii. S Heft mit de Gebrauchsanweisung hot vierzg Siite, und denn homer Premiere gfeieret, die Mei und i. Mer sind i de Weschkuche vor den Automat aneghocket mit dem Heftle i de Hand und hond ei Taschte noch de andere bedient. Z mol isch se gloffe, unsere neue Weschmaschii. No homer nomal eigschalte und i des Fänschterle glueget, bis s Programm gar fertig war. Do kännt mer sogar Kinder zueluege loo. S isch momentan s einzig Programm, wo kone Sauereie vorkummed und wo niemerd verschosse wird. Wenn's noch dem ging, hett'mer die alt Maschii bhalte känne, aber sie soll jo au no wäsche, mer bruched se it nu zum s Programm luege.

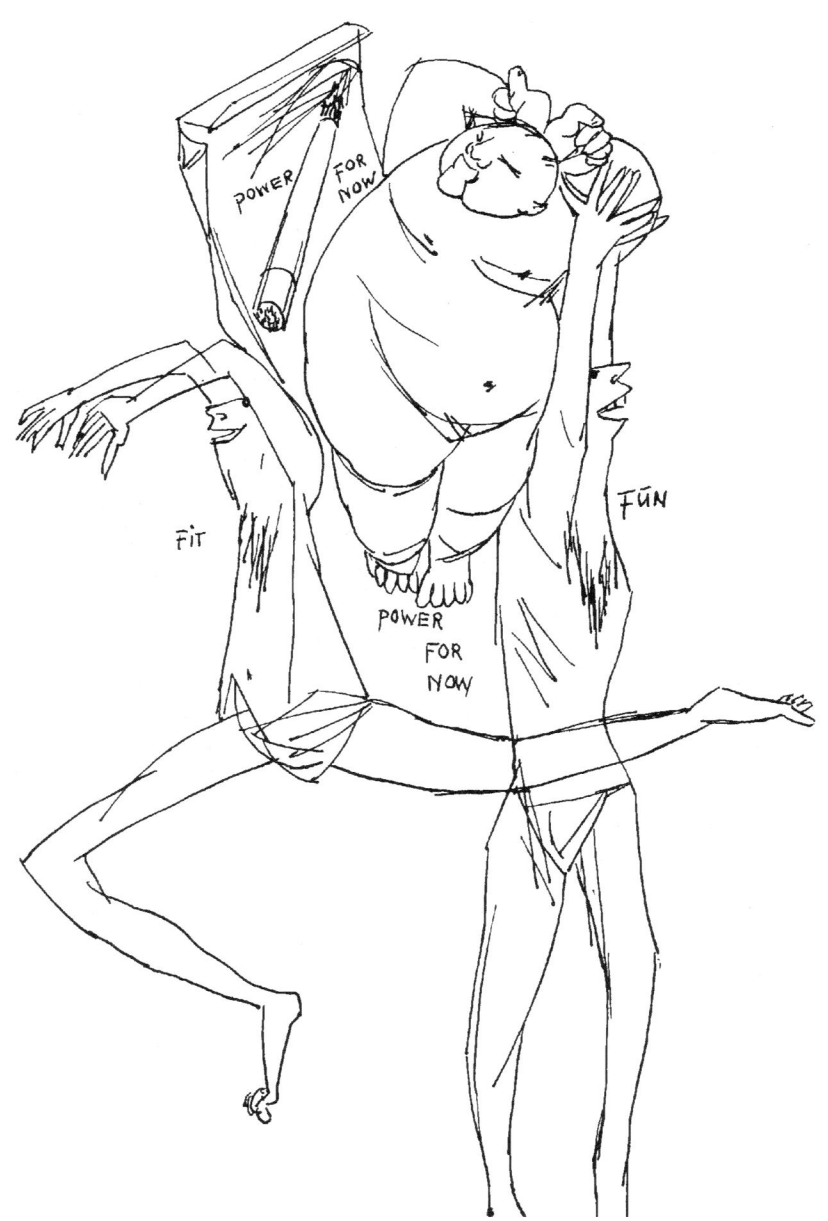

Fit + Fun

»Fit« moß mer sei und »Power« moß mer hon, no kummt nämlich »Fun« vu elei. »Fit, Power, Fun« des sind die drei Wörter, wo mer etz grad kenne moß, no isch nämlich alles »okey«, und wenn denn no weng gute »Connections« hosch, no kasch de Rescht ziemlich »easy« uf di zuekumme lo, und wenn de denn no bi allem, wa de machsch, ä bitzele »cool« bleibsch, no kriegsch du dotsicher des »feeling«, wa mer heit zum Läbe brucht.

Nei, des isch etz it irgend en zämmegschriebene Bledsinn. Des isch die Lebensfilosofie vu heit. Die mueß mer hon, wemer it schwermüetig were will, und wer vu uns will des scho? »Fun« mueß s Läbe mache, weil mer nu »power« kriegt, wemer »fun« hot, aber de hosch halt ko »fun«, wenn de it »fit« bisch! En richtige Scheiß-Kreislauf isch des, aber so isch halt s Läbe heit.

Vielleicht moß mer fir die selle, wo im Englisch it so firm sind, und wo sich i de heitige Umgangsschproch it so guet uskänned, die Wörter nomol ibersetze, obwohl des sunscht niemerd duet. I jedem Inserat, a jedem Gschäft, bi jedere Reklame isch fange alls nu no englisch. Näene schtoht, wie des uf deitsch heißt. Die moned eifach, daß jeder woß, wa des heißt und s mulet jo au niemerd, weil alle so tond, als däted se die englische Wörter verschtoh. Sie saged sich halt alle, wenn mir uns amerke lond, daß mer des it verschtond, no glaubed die andere, mir seied bled, und wer will scho bled sei oder fir bled ghalte were? Also duet mer halt so, als ob mer alle die Wörter kapiere dät, und als ob mer verschtoh dät, wa des heißt, wa uf dene riesige Zigarette-Reklame-Plakat schtoht: »Power for now«. Des heißt nämlich, »Kraft fir etz«. De Power isch Kraft und »fun« isch de Schpaß und d Freid am Läbe, und »fit« isch so vill wie gsund.

Also heißt die Lebensfilosofie vu etz grad: de muesch gsund sei, also »fit« und Kraft mosch hon, also »power«, no kommt »fun«, also de Schpaß am Läbe, vu elei. »Power for now« bedeitet also, wenn de etz ä ganz beschtimmte Zigarette-Marke rauchsch, nämlich die, wo uf dem Plakat schtoht, no kriegsch du äbe die Kraft, also die »power« fir etz grad, fir heit, weil nämlich s Rauche Kraft, also »power«, giit. De Lungekrebs und s Raucherbein kummed ersch schpäter. Drum heißt jo au der Slogan, also der Werbeschpruch, »Power for now« und it fir irgend wenn mol.

S kummt jo au kon Mensch uf die Idee, daß do ebbes it schtimmt, weil niermerd driber nochdenkt, wa fir en totale Schwachsinn mer uns vu morgens bis obends vorsetzt. Mir merked jo scho lang nume it emol, wie se uns verseggled, äbe weil mer nix meh im Hirn hond, usser »Power, fit und Fun«. Die ganz Gsellschaft will nu no »fun«, und sie macht alls, daß se meglichscht »fit« bliibt. Wenn de heit kon »Power« entwicklesch, no keisch sowieso näbe abe. Drum schtimmt die heitig Filosofie scho. Selle Muetter Theresa hot zwar ä andere ghet, aber wo kämer mer au na, wemer pletzlich anschtatt »Power, fit und Fun« uns um ander Leuts Kummer und Sorge kimmere däted? Under d Räder käme mer, und zwar schnell, und wenn de under d Räder kummsch, no bisch nime »fit«, und »fun« hosch ersch recht nume. Also machemer mit »Power« mit dere Lebensfilosofie weiter, des duets jo »for now«, und wa schpäter drus wird, des wird mer den säne...

Öko-Sadismus

En Schnook isch i mei Wiiglas keit,
Menschenskind, hot mi des gfreit.

So isch recht, etz rueder,
du elend schtichligs Lueder.

Gell, etz bisch verlore,
warum schtichsch me au a d Ohre.

I hon mer selber a d Ohre gschlage,
aber wa soll i groß no sage,

glei druf am Kuecheteller
war 'sch du au wieder schneller.

Etz kei'sch du mir i de Wei,
so hot's halt mößе sei,

etz mosch gottsname schwimme,
und nochere Weile kasch denn nime,

wie lang no, des isch offe,
no bisch nämlich versoffe!

Aber i halt mi etz z'ruck,
i trink it emol en Schluck,

kännt di am End verschlucke,
nei i will etz no gucke,

wie's du glei numme verschnaufsch
und i mim Wii versaufsch.

Goht's Mensche a de Krage,
no dät mer do nu sage,

die meischte wäred's wisse:
»So, der hot s letscht Mol gschisse!«

Bi dir isch mir etz kumme:
Du Siech, du schtichsch mi nume!

I glaub, etz wirds dr z vill,
du bisch z mol mäusleschtill,

und wie i des so sieh,
bisch du etz eifach hii.

Gell, i bi gemein,
i bin au it im Tierschutzverein.

D' Orgelkunscht

Fir Orgle hon i mi scho als Bue begeischteret und allweil, wenn i mol ine Kirche kumme bin, wo grad kon Gottesdienscht war, wo aber ä Orgel gschpillt hot, weil de Organischt hot üebe mößе, do bin i uf die Empore nur gschliche, hon mi muksmäusleschtill näbe de Organischt uf de Bode ghockt und hon ihm zuegloset. Wenn er mol ä Paus gmacht hot, no hon i ganz brav gfrogt, ob i weng bliibe dirft, und i bi selte furtgjagt wore. S hot Organischte gäe, die hond mi näbe sich naa sitze loo, uf d Orgelbank. No hon i känne zueluege, wie der Kinschtler uf sine meischtens drei Klavier iberenandgschpillt hot und hon erfahre, daß des die drei Manuale seied. Und unde a dä Füeß hot's nomol so ä Klavier, aber mit gröbere Taschte. Alle Organischte sind Kinschtler. S giit größere und klänere, aber Kinschtler sind se alle. Wenn denn en Gottesdienscht am End isch, de Pfarrer i de Sakrischtei und de Organischt schpillt de Schluß, no laufed die meischte Leut devu, anschtatt se hocke bliibe däted, bis der Bach oder der Reger verklunge isch. Mich fuxt des menkmol kolossal, aber do ka mer nint dra mache. Wenn denn no die Kirchechor-Mitglieder dem Organischt mitte inere Toccata uf d Schulter haued und »salli Karle« saged, no wär bi mir s Maaß voll, aber die Bledheit vu vill Leit isch halt grenzelos. Weil i Akkordeon mit Klaviertaschte schpille ka, hon i au scho ab und zue uf sonere Orgel weng schpille derfe, und des war jedesmol ä Schternschtund i mim Läbe. S war mer all Angscht vor däne ville Regischterknöpfle und Kläpple, aber seit mer de Hans-Peter mol zeigt hot, wie so ä Riese-Trum vu Orgel funkzioniert, hon i zwar no Mordsrespekt, aber Angscht hon i kone meh.

S verructescht a sonere Riese-Orgel isch ä winzig kläne Taschte, wo »Tutti« druf schtoht. Wemer do druf druckt, no

schaltet sich uf on Schlag die ganz Orgel ei, mit allene Pfiife, wo se hot, und des isch ebs Gewaltigs. Jedesmol, wenn i bi sonere Orgel mol uf »Tutti« druck und ä paar Takt schpill, no mon i amel, de Himmel ging of, so braust's mir do as Herz und is Gmüet. En Freund vu mir, au en Organischt, hot neilich mol oemeds mößse ä Hochzeit schpille, und wo des Glöckle bimmlet hot und de Pfarrer mit de Minischtrante us de Sakrischtei kumme isch, zum vorne am Portal des Brautpaar abhole, do hot min Freund au uf des »Tutti« druckt damit's richtig brause sott, wenn des Päärle i d Kirch eizieht. Mit beide Händ druckt er en Akkord mit zeh Finger, aber s isch nint kumme, die Orgel hot kon Muks gmacht, weil er hot vergesse, daß er de Motor eischaltet, min Freund, und ohne Motor kon Wind und ohne Wind kon Ton. Nu wo de Pfarrer fascht am Portal gsi isch, no hot's afange brause, und des war eigentlich no früeh gnueg. Bleder isches scho i sellere Hegau-Gmond hergange, wo de Organischt hot mößse inere Obed-Mess orgle. Er war aber am Mittag zume Schlachtplatte-Esse eiglade und hot de ganz Mittag bis i de Obed nei Blähunge kriegt. Woner uf em Orgelbock hockt und afange sott mit schpille, do rumoret's wieder ghörig i de Därm, und wo die Luft sich sammlet, do sott se naus, weil mer suscht Krämpf kriegt. Also hot er denkt, wenn's vorne klinglet, no drucksch »Tutti« und drucksch gleichzeitig hinde, no übertönt die Königin der Inschtrumente den Mißton. De Pfarrer kummt us de Sakrischtei, weil s Glöckle klinglet hot, de Organischt druckt uf »Tutti« und greift mit beide Händ voll ins Manual, und gleichzeitig druckt er hinde. S isch ihm gange, wie mim Freund. Er hot vergesse de Motor eizschalte und die Orgel war schtumm. Nu die Blähung hot sich ime mächtige Furz Luft gmacht, und weil's ko riesige Kathedrale, sondern ä winzigs Hegau-Kirchle war, hot des »Tutti« us de Hose vu dem Organischt merkwürdig klunge.

City-Bike

Es hot seit kurzem seller MIKE
ä nagelneies CITY-BIKE.
Mit dem fegt er etz quer durch d City
bis a des Hus vu sinere Kity.

Er schaltet nab in zwelfte Gang,
schellt zweimol kurz und omol lang
und hofft, sie dät etz use lugen,
er isch ä wengle us den Fugen,

des heißt, er moß scho firchtig schnaufe,
des CITY-BIKE schlaucht meh als laufe.
Uf dem Kopf do tragt der Schelm
nadierlich einen Fahrrad-Helm.

Mit dem sieht etz der arme Tropf
weng aus, wie so en Fliege-Kopf,
doch er will ihn halt benitzen,
um beim Sturz sein Hirn zu schitzen.

Und der Hirnschutz ist beliebt,
obwohl's do nix zu schitzen giibt.
Der Hirnschutz, der versagt doch glatt,
wenn oner gar ko Hirn nicht hat.

Des Hirn wird nämlich aufgeweicht,
wenn man zuviel hinein dir seicht.
Schaltesch du des Fernsehn an,
droht dir sofort der Rinderwahn,

Und weil hirnlos seller Mike,
trat seine Kity in den Streik,
sie woß, der Mensch isch aus den Fugen,
drum will sie au it use lugen,

us dem Fenschter, wo der Mike
schtoht mit seinem City-Bike.
Wa nützt dem Mike etz Helm samt Rad,
er merkt 's jo it mol, des isch schad...

Naseringle

I de letschte Ziit hon i so s Gfihl, als ob die Emanzipazions-welle wieder weng z'ruck schwappt. I mon all, daß sich im-mer meh Fraue wieder noch'ere schtarke Hand sehned, daß sie gfihrt und glenkt si wetted. I hon lang it begriffe, wäge wa sich die Mädle und junge Fraue Ringle durch d Nase schteched, links und rechts vu de Auge, oder au am Mul. Etz hot mir neilich so en junge Kerle uf d Sprüng ghol-fe. S war binere Party bi om vu unsere Kinder, und die Mei und i sind au ä Schtündle ane, it daß mer mone kännt, mir hetted iberhaupt ko Intresse a de jingere Generazion.

So ganz näbebei hon i so en Bursch noch em Sinn vu dene Ringle gfrogt, weil i vu elei äbe it dehinder kumme bi. Etz hot der mir erklärt, des seied die neie Zeiche der Unter-würfigkeit. Wenn one ä Ringle a de Nase oder am Mul heb, so one känn me uf de Schtell hüroto, mit dere gäb's kone Problem. De Freund möß nu ä Schnürle oder ä Kettele a des Ringle mache, no kännt mer so ä Mädele anefihre, wo mer grad mecht. Sie dät gern folge, weil's ere weh dät, wenn sie it dem Schnürle noche ging, sondern ine andere Richtung wett. Des hot mir eigleuchtet, des hon i uf Anhieb verscht-ande. I hett des Geschpräch mit dem Bürschle gern no weng verdieft, aber denn isch Musik gloffe, no sind alle umenand rum gjuckt und hond so Verrenkunge gmacht.

So hot mer's heit, des isch de moderne Gsellschafts-Tanz. Do zuckt jedes fir sich selber elei, aber so, daß mer de Part-ner grad no weng im Blickfeld hot. Die Art vu Tanz hot gege-niber de alte Gsellschaftänz en Hufe Vorteil. Grad bim Tan-go oder bime langsame Walzer oder some Slow-Fox, wie's früener gheiße hot, do hot mer doch de Mundgeruch vu sim Partner sehr oft als schtörend empfunde. Wenn om sei Partnerin scho noch de erschte Paar Schritt gfrogt hot,

»hosch du heit eigentlich kone Zäh butzt«, no hosch känne mit Sicherheit demit rechne, daß bi dir ebbes it in Ordnung isch. Und wenn denn weit und breit kon Automat gsi isch, wo de hettsch känne ä Päckle VIVIL use lo, no war der Obed fir dich so ziemlich gloffe. Oder wenn i nu dra denk, wie mer sich im Tanzkurs und schpäter au no, uf de Füeß rum gschtande isch, do kummed mir heit no Träne i d Auge.

I ka me no guet dra erinnere, wo die gschissene Pfennigabsätz Mode wore sind. Do war denn unde a dem schpitzige Absätzle no ä winzigs Metallplättle. Mit dene Dinger hot mer jeden Parkettbode im Handumdrille hi mache känne, und eigentlich hett mer fir so Schueh en Waffeschei hon müeße. Binere Linksdrehung, bime langsame Walzer, hot mir domols one ihren Pfennigabsatz i min rechte Schueh ine bohrt, daß s Oberleder ä ausgschtants Loch ghet hot. Gottseidank isch der Absatz denn grad zwische zwei vu mine Zeh durch, aber de Obed war trotzdem futsch. Des ka heit alles nime passiere, wo jedes elei sich schittlet und verbiegt. Wer all Woch mol ä Nacht lang so zapplet und zuckt, der kriegt's au ni a d Bandscheibe, und wemer des moderne Zügs mol so betrachtet, no kriegt des alles au fir mi en echt diefe Sinn.

11. 11. Martini

Des mit dem 11. 11. isch au so ä Sach. Do streited sich die Fasnachter jedes Johr wieder neu, ob des ä Karnevals-Datum sei und mit de alemannische Fasnet nix z tued hett. Weil nämlich au en Elfer-Rat karnevalistisch sei, drum möss des nämlich Narre-Rot heiße. Drum lached au selle Narre-zünft, wo ersch am 6. Januar d Fasnet eröffned, iber selle Narre, wo am 11. 11. afanged. De ganz Händel kummt do her, weil se it iber de neueschte Stand vu de Forschung Bscheid wissed, und do sind se selber schuld. Mer ka die gscheide Büecher nämlich kaufe, aber sie sind it billig und vor allem dick!

De Karneval und die Fasnet, wie mer se hüt bi uns hot, die kummed so ziemlich us de gliiche Wurzle. Sie sind, ob mer des will oder it will, ä rein katholische Sach. S fangt scho mit em 11. 11. a, a dem Fäscht vum Hl. Martin. Weil im alte römische Messbuech am Fäscht vom Hl. Martin im Evangelium die Schriftstell glese wird, vum »Licht«, wo mer it under de Scheffel stellt, sondern oemeds ane, wo's allene leuchtet, ziehned bis hüt no d Kinder mit ihrene Martins-Laterne bi uns durch d Stroße, aber wer woß des scho, warum des so isch, und wo des her kummt!

Des mit dem 11. 11. und dem Elfer-Rat isch a de Wurzel genauso dief i de Religion verankeret. Sie hond zwar mol gmont, E-L-F käm vu Egalité, Liberté, Fraternité, aber es hot sich als Irrtum erwiese. Zahle hond it nu bi de Jude, sondern au bi de Christe ä diefe simbolische Bedeitung ghet. Elf war die Zahl fir Sinde, weil se unvollkomme isch, und vollkomme isch die Zahl 12, weil's nämlich au 12 Apostel gäe hot. Wo's nu no 11 wared, hot mer all mösse a de Judas denke, und drum war ä Gsellschaft us 11 halt au nint Gschieds. 11 isch au deswäge ä sündige Zahl gsi, weil's 10 Gebote gäe hot, und 11 hot bedeitet, daß mer sich iber die Gebote use hebe will, also meh sei als Gott. Mit dere 11 hot mer bedeitet, daß de Mensch die göttliche Norm iberschreitet, aber des woss doch hüt en Elfer-Rat nume. Er hot au ko Ahnung meh devu, daß die 11 die Zahl vu de letschte Stund bedeitet. Und 11 Uhr 11 isch nomol ä Schteigerung vu allem dem. 11 Uhr 11 will sage, daß es eigentlich heksischte Zeit sei zum Umkehre, und die Zeit zu dem Umkehre bis zum Aschermittwoch, wo die groß Bueßzeit beginnt, des isch d Fasnacht. Mer moss nu mol uf die Hose vu verschiedene Weißnarre oder uf d Ruckseite vu de Kittel gucke, wo oft ä Uhr druf gmolet isch, wo elfe zeigt. Drum wär's des Johr garit so falsch gsi, wenn d Narre dene z Bonn oder uf de Rothüser ufere Uhr zeigt hetted, daß es etz efange 11 Uhr 11 isch, also kurz vor zwölfe.

Uf allene mittelalterliche Darstellunge hot de Narr ä Narrekappe mit eme Hahnekamm, mit Eselsohre und Schellele dra. Wer woss scho, daß die Hahnekämm bi dene verschiedene Hansele und Blätzlebuebe des Simbol fir Luxuria, also fir Unkeuschheit oder Geilheit, isch? Daß die Eselsohre a de Narrekappe bis hüt no s Zeiche sind fir Stultitia, also für Dummheit, und de Urgrund vu de Dummheit war früener die Leugnung, daß es Gott gibt. Drum hockt im Afangsbuechstabe vu dene herrliche mittelalterliche Brevierbüecher im Psalm 52 (53) ä Närrle i dem große »D«. Der fangt nämlich a: »Dixit insipiens in corde suo, non est Deus!« Des heißt: »En Narr set zu sich i sim Herz, s giit doch kon Gott!« Und wer it a Gott glaubt, so hond se früener denkt, der ka au it lieben. Und wer it lieben ka, der isch »tönendes Erz und klingende Schelle«, hot de Paulus im 1. Korinther gschriebe. Drum hond d Narre hüt no Schelle! Do kummt's meischt her, wa mir heit under Fasnet verstond, aber mol Hand ufs Herz, wer vu uns woss denn des?

Plätzchen – Guetsele

Im Grund gnumme isch de Advent eigentlich so ebbes wie en echt alemannische Monat. S isch ä entscheidende Zeit, die Adventszeit, weil sich do in dere Zeite oder Ziit entscheidet, ob ebber vu do isch oder vu dert. Oberhalb vum alemannische Sprachraum »backt Mutti jetzt Plätzchen«. Des heißt, sie macht Weihnachtsgebäck. Und genau des macht bi uns die »Mutti« nicht, weil mir nämlich gar ko Mutti hond, sondern ä Mamme, so wie mir au keine Mutter hond, sondern ä Modder. Und ebe die Mamme – oder die Modder – die backt kone »Plätzle« und kone Plätz-chen! Ä Mamme oder ä Modder backt aber au kone Plätzle, sondern sie backt Guetsele, aber kone Guets-chen! Und wa so ä rechte Mamme isch, die hot no d Rezept vu de Großmodder, und sie backt Stucke fimf bis sechs Sorte oder no meh. Näbe de Butterguetsele und de Zimtstern macht se au no Springerle, aber kone Springerchen. Wa se backt, d Mamme, des kummt alles in Blechschachtle und wird verschoppet, damit d Kinder und de Alt it alleweil dra gond, bis a Weihnachte am End nint meh do isch. Früener hond die Mammene oder die Mödder ihre Weihnachtsguetsele i aller Seelerueh backe oder bache. Nadierlich meistens au no en Christstolle dezue. Die heitige Mamme isch im Streß. Wenn se iberhaupt no zum Backe kummt, no isch des en Schlauch und kon Spaß meh. Wenn solled se denn auch backe, wo se doch alle ge schaffe mond und kaum meh Ziit hond, zum die viele Päckle packe. Aber s giit jo meistens au no ä Oma, und die sell backt mit Leideschaft die Weihnachts-Guetsele, aber sie backt kone Weihnachts-Plätzchen!

»Chen« oder »le«, a dem Diminutiv, wie die ganz Gschiide saged, a dem hanget vill vu dem, wo mir Muettersproch

dezue saged. Wa bin i scho i de Schuel gschimpft wore, weil i im Gsangsunterricht anstatt »Schätzel ade ade« alleweil nu gsunge hon: »Schätzle ade ade«. Mir hon halt in Gottsname ko Madel und ko Mädel. Ä Mädle homer, und sie solled uns doch us unserem Mädle ko »Mädel« mache und ko »Madel!« Mir hond ko »Schätzchen«, mir hond ä »Schätzle«, und wenn on verzellt, daß sei Frau Plätzchen backt, no hot des fir uns kon Gschmack, sondern ä Gchmäckle, weil der oder die nämlich ganz genau wissed, daß bi uns »Guetsele« heißt, Weihnachts-Guetsele, hekstens no »Breetle«, aber äbe it Brötchen! Mir pfiifed uf »Bonbon« oder Zuckerchen. Guetsle, Mocke, im Grenzfall grad no Zuckerle, heißt des bi uns, und do verstond mir kon Spaß. Mir herzen unsere Liebste nicht am Busen, mir streichled se am Herzle. Und mir »entzünden kone Kerzen«, mir zindet Kerzle a! Mir froged it, schmeckt Dir mein Gebäck, bi uns heißt des: »Magsch Du mine Guetsle?«
Mir pfeifed uf »flotte Bienen«, mir möged lieber herzige Mädle oder schwäbisch-alemannisch ä saubers Menschle. De Deifel hol den »Weihnachtsmann«, weil des bi uns de Nikolaus isch, und des isch en Bischof, und zu dem ghört de Knecht Rupprecht, aber kon Weihnachtsmann. Die blede Figure i ihrene rote Mäntele mit ere Zipfelkappe und eme weiße Bart, die möged mir it. Und des kummt doher, weil mir no ebbes uf die alte Tradizione gäbed, au wemer menkmol i dene alte Tradizione schier versufed. Etz sottemer aber grad im Advent lieb zuenand sei und it jeden aagosche, wo »Plätzchen« seit anstatt Guetsele. Sanft sotten wir sie belehren, selle, wo it vu do sind. Sie bruchen jo it glei merken, wa mir Alemanne fir Sauriebelesköpf sind, wo mir doch lauter »Schätzle« sei sotted.

»Macht hoch die Tür«

Die ganz Stadt liit im Adventsfieber. Sie wird im Fieberwahn direkt gschittlet, so groß isch die Sehnsucht noch Weihnachte, noch dem Geburtstagsfäscht vu dem Jesuskind, vum Chrischtkindle. Etz isches aber so, daß sich der Begriff »Chrischtkindle« im Lauf vu de Ziit weng gwandlet hot. Wenn de normale Mensch vum Chrischtkindle schwätzet, no mont der it sell Jesus-Kind, wo vor zweitaused Johr uf d Welt kumme isch, no mont der nämlich des, wa ihm s Chrischtkindle bringt.

Weil sich d Mensche vor langer Zeit jedes Johr a Weihnachte wieder neu iber de Geburtstag vu dem Jesuskind gfreit hond, do hond se sich gegeseitig us lauter Freid beschenkt, und des Gschenk war denn des sogenannte Chrischtkindle. Fir d Kinder war's no vill vill schäner, weil mer dene klar gmacht hot, daß des richtige Chrischtkindle ihne ihre Gschenkle persenlich under de Chrischtbom glegt het. Heit isches etz aber so, daß des, wa d Frau oder de Maa oder d Freundin oder de Maker, wa die enand schenked, des isch s Chrischtkindle. Drum frogt mer sich im Advent gegeseitig: »hosch scho ä Chrischtkindle fir din Allerärgschte?«

Des Sueche noch eme passende Chrischtkindle wird all Johr schlimmer, weil mer jo scho alls hot, und wer alls hot, dem fallt nint meh ei, und genau a dem Punkt hilft uns im Advent die Gschäftswelt, damit mir it so vill hirne mond, damit mir fir alle unsere Lieben s passende Chrischtkindle finded. Etz goht's am erschte Adventsunntig los. Mer kämpft scho lang iberall drum, daß die Gschäfter au am Sunntig off hond, damit vill Leit vum Land und vu de andere Schtädt i unsere Schtadt kummed und ihrne Chrischtkindle kaufed. Die Gschäfter bruched de Umsatz, wenn se iberläbe wänd, und wer oder wa känt de Umsatz besser schteigere als sell Jesuskind, wo sich als Gottes Sohn, als de lang erwartete Messias, also der Gesalbte, oder uf griechisch, de Christos entpuppt hot. Also wenn der it zieht, no zieht nint meh. Die chrischtliche Konfessione hond im Verlauf vu de Johrhunderte de Mensch so uf des Geburtsfäscht vu dem Chrischtkind eigschwore, daß sich unsere Gschäftswelt it emol vill neue Idee eifalle losse moß. Des Chrischtkindle wirbt fir sich elei, mer moß de Lade nu lang gnueg off losse, s Volk kummt vunim selber. Lichter brucht's nadierlich und Schtern und Lametta und Engelshoor und vor allem vill fromme, weihnachtliche Musig. Us vill Lautschprecher tönt's etz i de größere Gschäfter, wie sehr sich de Mensch noch dere Gottesgeburt sehnt. Mer moß die alte Adventslieder nu ä ganz klei weng verändere, no krieged se en richtig aktuelle Sinn, wie zum Beischpiel:

»Aus hartem Weh die Menschheit klagt«, hot etz en Schef vum Kaufhaus gsagt, mir schtond in großen Sorgen! »Herr, send herab uns deinen Sohn«, mei Konkurrenz, die lauert schon! »Macht hoch die Tür, die Tor macht weit«, mir hond am Sunntig offe heit, dem Chrischtkindlein zu Ehren! »Macht weit die Pforten in der Welt«, damit der Kunde Einzug hält, und dies in hellen Scharen! »O Heiland, reiß die Himmel auf«, schick Kundschaft mir im Dauerlauf! »O komm, o komm, Emmanuel«, heizt it mit Gas, Leut, heizt mit Öl, und »Süßer die Kassen nie klingeln als zu der Weihnachtszeit!« Wemer den Advent mol mit sottige Auge betrachtet, no kriegt die Sach wieder ä Gsicht, ä moderns Gsicht, unser Gsicht. Mer moß au weng mit de Zeit goh, no kriegt des Chrischtkindle wieder en echte diefe Sinn.

Weihnachte 1997

Vum heilige Stephanus schtoht i de Aposchtelgschicht, er hett de Himmel offe gsäeh. Do druf ane hond se'n gschteinigt. I hon de Himmel au offe gsäeh, aber mir isch nix passiert. Des liit viellicht do dra, daß i's niemerd gset hon, daß i de Himmel offe gsäeh hon. S däts jo doch kon verschtoh, und sie däted hekschtens sage, etz schpinnt er no gar. I hon en aber trotzdem offe gsäeh, und zwar wie's de Zuefall will, inere Stefanskirch, und zwar i de Schwiiz, z Kreuzlinge. Do hond die Lehrerinne und das Lehrer-Seminar vu Kreuzlinge und Rorschach zämme mitenand ä Weihnachtskonzert gäe, und so ebbes hon i minere Läbtag no nie erläbt. Des moß mer sich mol vorschtelle: Schtucke 190 Lüt, so im Schnitt nünzeh Johr alt, hond gsunge. Uf de Empore und vorne im Chor, und a die 50 gliichaltrige Musiker hond s Orcheschter bildet, und denn hond die ä TE DEUM gsunge und gschpillt, wo de Johann Josef Fux anno 1723 komponiert hot, und zwar fir Solochor, gmischte Chor, Bläserchor, Schtreicherorcheschter und Continuo. Im Programmheftle isch gschtande, mer soll sich die Menge der himmlischen Heerscharen vorschtelle, wo Gott lobed und preised, aber es hot's garit brucht. Mer hot sich nix vorschtelle möße, mer hot nu möße d Auge zue mache, no isch mer z mitte dinne gsi, zwische däne himmlische Heerschare, und i kännt mer vorschtelle, daß die Engelschöre scho weng neidisch wared, wo die Musik vu St. Stefan i Kreuzlinge i de Himmel zunene nuf drunge isch, denn i kännt mer denke, daß die Engel kone Bläser und kone Schtreicher hond, weil se jo bekanntlich reine Geischtwese sind.

Ha, des hot denn klunge, des TE DEUMLAUDAMUS und des TE DOMINUMCONFITEMUR! Dich, Gott, lobed mir und Dich, Herr, preised mir, ha, do hot's om glupft. Nix gege ältere Herrschafte, aber wenn anderthalb hundert junge Leut, kone Kinder, sondern zuekimftige Lehrer, kone Pubertande meh, alle grad eso um die 19 Jöhrle rum, so ebbes singed und musiziered, do mecht mer grad fir en Augeblick wieder dra glaube, daß die Menschheit doch ä Sätzle noch vorne gmacht hot. Wenn denn no ä Schtreichquartett vum Johann Sebastian Bach schpielt, »Wohl mir, daß ich Jesum habe« denn isch mer fir ä paar Augeblick wieder mit de Menschheit versöhnt, weil mer s Gfiihl hot, daß de Mensch halt doch meh isch als ä Häufle Materie, au wenn mer genau woß, daß des no lang it fir alle gilt, und daß mer selber no wiit gnueg äweg isch, vu dem, wa mer sei sott. Daß mer aber bi dere Musik ebbes empfinde derf, daß om vier Schtreicher iber om selber naus lupfe känned, des isch fir mi scho weng de Beweis defir, daß mer weng meh isch, als nu en Bolle Dreck, au wemer am End wieder zu Schtaub wered.

Wo aber denn zum Schluß des GLORIA ufgjublet hot, wo de John Rutter 1974 fir en g,mischte Chor, fir Brass-Bänd, Schlagwerk und Orgel komponiert hot, do hot's de Himmel offgrisse, so gewaltig hot des tönt, mit dem »Friede auf Erden den Menschen guten Willens«. Sie hond it gsunge »und den Menschen ein Wohlgefallen«, nei, sie hond gsunge »und den Menschen guten Willens«. Wahrscheinlich isch der Rutter en Mensch »guten Willens« und die, wo gsunge und musiziert hond, die wared alle »guten Willens«, mindeschtens, solang se gsunge und musiziert hond. Daß es no große Musik giit, i unsere Zeit, mer ka's kaum glaube, aber des wared Harmonie und en Rhythmus, und die Brass-Bänd und die Chör hond die Kirchedecke vu St. Stefan hochglupft, und me hot gmont, die ganz Schöpfung dät mitjuble, und die Pauke und des Schlagzeug hond allen Kriegslärm uf de Welt vergesse lo, und de Hanspeter Schär i sim bescheidene schwarze Hemb am Dirigentepult hot die Hundertschaft vor sich her triebe, wie de Elia, wo uf sin feurige Wage wartet. Die hunderte vu Lüt i de Kirch wahred ime Rausch, und des AMEN war wie ä Ekschtase. No isch de Beifall losbroche, so lang, bis alle Chör und alle Musikante vorne und hinde, obe und unde gsunge und gschpillt hond »Vom Himmel hoch, da komm ich her«. Do goht mer denn hom und mont, d Welt isch schä, und s Läbe isch schä, und de Mensch isch ä Wunder. Wenn er will. Vor allem, wenn er musiziert, merkt mer, daß er s Ebebild Gottes isch. O wenn des Gfiihl nu iber Weihnachte num hebe dät!

O du fröhliche

Wenn se um Weihnachte rum als des Lied »O du fröhliche« gsunge hond, do hon i mi als kläne Bue all weng scheniert. I hon do immer so ä Gfihl ghet, als däted etz alle Leit zu mir her luege, weil i Fröhlich heiß. Später isch mer denn klar wore, daß die fröhliche, Gnaden bringende Zeit nix mit mir ztued hot, und no vill vill schpäter hon i denn au langsam begriffe, wieso und warum des ä fröhliche Zeit isch. Und weil Fröhlichkeit efters mit em Lache verbunde isch, dät i gern mol verzelle, wie i do druf kumme bin.

Vierzeh Johr alt war i domols, wo i vill i sell Kloschter Beuron kumme bin und ere handvoll Männer, wo dert glebt hond, verdank i heit no, daß i bin, wie i bin. S hot mi domols hiizoge zume alte, eifache, kindlich-fromme, scho fascht weng kindische Laiebrueder. Der hot alle religiöse Kruscht gsammlet, wo die Patres it bhalte welle hond. Ä halbs Dutzed Nägel vum heilige Kreuz hot er ghet, de Brueder Pachomius, und Erde vu dere Schtell, wo de Herr in Himmel nuf gfahre isch. Sägmehl us de Werkstatt vum heilige Josef, und en Konvertit us em Kunschtverlag hot ihm alleweil ä Schwanzfeder vum heilige Geischt verschproche. De Brueder Pachomius hot alls ufghebt, verehrt und sich dra gfreit. Sei ganz große Liebe war aber ä Jesuskindle us Wachs. Weil de Brueder Pachomius Schneider war und die Skapulier und Kukulle fir d Mönch hot mache und usbessere müeße, hot er dem Jesulein Kleidle gnäht, und je noch Feschttag hot des Jesuskindle ä bsunders Kleidle aazoge kriegt. All Obed hot er's us seim noble Käschtle use gnumme, des Kindle, und hot mit'em alle vier Himmelsrichtunge gsegnet, daß es die Soldate a allene Fronte beschütze sott.

Er war weng arg naiv, de Brueder Pachomius, aber i glaub, daß er heilig war, weil er ganz, ganz wenig gschwätzt hot, nie iber andere, und vill, vill betet. Ebbes a dem Jesulein war ihm it so recht, im Brueder Pachomius. S hot so ä ernschts Gsicht gmacht, wie en Herrscher, und er hot eigentlich ä Jesulein welle, wo lacht. Etz ischer ganz demütig zu om vu dene Molermönch gange und hot den sehr bescheide gfrogt, ob er it dät des Jesulein im Gsichtle weng ummole, daß es lacht. Der domols no »hochwürdige« Herr Pater, Priestermönch und hochschtudierter Theologe, war weng ungnädig und hot den Laiebrueder Pachomius mit eme schtrenge Blick aaglueget. »Woher wollen denn Sie wissen, ob das Christkind gelacht hat?« Isch jo au logisch. Woher soll es en Laiebrueder wisse. Wenn's ebber woß, denn oner mit eme theologische Schtaatsexame, aber it en Brueder Schneider. De sell aber hot zu Boden geblicket und hot gset: »Hochwürden, mir singed doch i de dritte Schtrof vu Stille Nacht ›Gottes Sohn, o wie lacht‹...« De Pater war schtill und hot des Jesulein umgmolet, bis es weng glacht hot. De Brueder Pachomius isch scho lang gschtorbe, de Moler-Mönch au, und beide wered etz wisse, ob im Himmel glacht were derf und ob des inzwische erhöhte Chrischtkindle au lacht, und ob's glacht hot, wo's uf d Welt kumme isch.

S hot lang gnueg daueret, bis au i begriffe hon, daß sell Lächeln vu dem Kind s erschte Zeiche war vu sinere Botschaft a d Menschheit. Und s Wichtigscht a sinere Botschaft isch doch der Satz »fürchtet euch nicht!« Wer sich it fürchtet, hot ko Angscht, und wer ko Angscht hot, der hot guet lache, und wer lache ka, schteckt au andere a, und wer andere zum Lache aaschteckt, nimmt dere Welt ä winzigs Zipfele vu dem himmeltraurige Schimmel, wo driber liit. Vor ä paar Jährle hon i känne au so ä Jesulein kaufe, sogar ons wo lacht, und wenn mi wäge dem manche Leit fir en alte Kindskopf halted, de'sch mir egal. I frei mi dra, bsunders wenn's uf Weihnachte zue goht, weil de sell Brueder Pachomius nämlich Recht ghet hot, au ohne Schtaatsexame.

Neujohr 1998

Heit oder hüt hon i grad so s Gfiihl, als hett i geschtern mei Ufsätzle zum neue Johr gschriebe und etz hock i scho wieder a dere Schreibmaschii und schriib scho wieder ä Ufsätzle fir Neujohr. Jo isches au meglich, daß ä Johr so schnell vorbeisause ka, daß mer mont, geschtern sei Sylveschter gsi? Des mit dere Ziit isch aber au ä komische Sach. Wenn de gsund bisch und alls guet lauft, no saust die Ziit a om vorbei, daß mer's garit merkt, daß se rum goht. Wenn's de aber ane haut, wenn de Schmerze hosch, und wenn de z Nacht it schlofe kasch, no mecht mer doch de Uhr am liebschte en Schuck gäe und zu dene Zeiger sage, hei etz, mached doch au ä glei weng vürse. I glaub, am schlimmschte hond's die selle, wo pletzlich elei bliebe sind, weil d Frau oder de Maa uf omol nume do isch, weil ons vu beide fir immer hot go müeße. Do wird denn vor allem am Obed die Ziit wie ä Gummiband, wo sich endlos use zieht. Und doch känned au alle die, wo elei z'ruckbliebe sind, sage, mer sott's it fir meglich halte, etz isch scho wieder ä Johr rum.
S isch ä verruckt kurze Ziit, so ä Jährle, und s isch ä elend lange Ziit, so ä Jährle, s kunnt halt eifach druf a, wie se om grad neilauft, die Ziit, und wa se om bringt. Früener hot mer als am End vum Johr so ebbes wie ä Gewissenserforschung gmacht und sich gfrogt, ob mer etz i dem Johr weng en Fortschritt gmacht hot. Ha nei, it i de Karriere und it im Sport und scho glei garit im gschäftliche Bereich. Nei, do hot mer noch sim Inneläbe gforscht und sich gfroget, ob mer weng en bessere Mensch wore isch i dem Johr oder ob's no minder mit om wore isch. Heit wissed die meischte nime, wa ä Inneläbe isch, weil se vum Usseläbe so beanschprucht wäred, daß se pletzlich gar ko Inneläbe meh hond. Des Abschterbe vum Inneläbe merkt mer bei sich meischtens it

emol, mer merkt nu, wenn die andere komisch und wüescht zu om sind, weil die au ko Inneläbe meh hond. Guet, de Mensch isch früener au it besser gsi wie heit, aber er hot wenigschtens no gwißt, daß er andersch were mößt, weil er it so bliibe sott, wiener etz isch. Und do hot mer am End vum Johr denn wenigschtens ä glei wengele ä schlechts Gwisse ghet, weil mer all no so war, wie mer alleweil war, und denn hot mer a Neujohr wieder guete Vorsätz gfaßt. Bi dene isches meischtens bliebe, aber mer hot se wenigschtens gfaßt ghet. S war no Bewußtsei do, daß mer weng andersch were sott, und des war scho vill.

Hüt hot de zu sich selbscht gefundene, sich selber verwirklichte Mensch des psychologisch richtige Gfiihl, er sei scho recht, und er möß sich nu no weng mehner behaupte und sich alle Schuldgefühle abgwähne. Des isch aber one vu dene große Irrlehre vu unserm Johrhundert. Des hot dezue gfihrt, daß des Inneläbe bi vill abgschtorbe isch und denn bläret mer driber, daß ä menschliche Eiszeit kumme sei. I dät mir firs neue Johr winsche, daß mer wieder weng eisäeh däted, daß mer it so sind, wie mer sei sotted, des wär scho vill!

Schwäbisch-Alemannisch

Etz moß i's eifach wieder mol ausschpucke, suscht krieg i z letscht no en Kropf. Au wenn etz wieder schier en Volksaufschtand ausbricht, des isch mir grad egal, aber i bin kon »Badener«, sondern en »Badenser«! Der Badener isch ä hochdeutsches, oder besser gsagt schriftdeutsches Wort. Zu meinere Soldatezeit, wo mer uns i de letschte Kriegsjohr mit allene deutsche Schtämm zämmegwürflet hot, do hon i it en onzige Mensch gfunde, wo gset hot, er sei ein Badener. Des goht uns jo iberhaupt it flüssig iber d Lippe.

Drum hot die alemannische Lautmolerei vu Afang vu dere Markgrafschaft Baden i unsere Schproch des mildernde, sanfte »s« nei gflochte, und des »Badenser« goht doch vill flüssiger über die Lippen, oder aus de Gosch, wie mir saged.

Ibrigens schreibt der Schieber anno 1848 i sinere »Konstanzer Freiheits-Chronik« iber de Hecker-Zug im ganze Büechle nu vu »Badenser«, und der hett's eigentlich jo wisse möße. Mer kännt au sage, des »Badenser« isch die Alemannisierung vu dem schriftdeutsche Wort »Badener«. Etz solled se vu mir us wieder proteschtiere und wüescht tue, selle »Badener«, wo kone »Badenser« sei wänd, mir isch des egal, i bin und bleib en »Badenser«! Ebbes, wa genauso bled isch, wa sich aber hartnäckig haltet, wie so vill, wa im Grund gnumme grottefalsch isch, des isch die Wort-Kombination »Schwäbisch-Alemannisch«. Wenn scho underschiede were moß, denn »Schwäbisch-Badisch«, aber it »Schwäbisch-Alemannisch«.

Ob ses etz zletscht irgendwenn mol glaubed, oder ob ses it glaube wänd, weil's i des ideologisierte Badenser-Hirn it nei will, d Schwobe sind in Gottsname Alemanne, wie d Badenser. Des alemannische Herzogtum Alemannien hot bis gege s Johr 1000 rum sich zämmegesetzt us em heitige Baden-

Württemberg, de deutschsprachige Schweiz, Liechtenstein, Vorarlberg, Bayerisch-Schwaben und em Elsaß.

Des alles zämme war des alemannische Herzogtum, war Alemannien. Wo denn die Alemanne-Herzög ausgschtorbe wared und die Staufer kumme sind, hot des dupfegleiche Gebiet »Herzogtum Schwaben« gheiße. So komisch des klingt, aber etz wared alle Alemanne »Schwobe«, ob des de eigfleischte Schwobefresser gfallt oder it. De Schwiizer gfallt's au ums Verrecke it, daß sie zum große Teil Alemanne sind, aber ob's ene paßt oder it, sie sind's in Gottsname.

Etz hot unsern hochverehrte Johann Peter Hebel bi sine »Alemannischen Gedichten« den große Fehler gmacht, daß er d Alemanne uf Südbaden und Nordschweiz eigrenzt hot und so vu de Schwobe trennt.

Des war historisch falsch und en Bledsinn, aber warum soll en Hebel kon Bledsinn mache hon derfe, des duet sinere Größe kon Abbruch.

S giit i de Weltgschicht kone Größe, wo it au Bledsinn gmacht hond.

Nu sotted mir efange mit dem Bledsinn ufhöre und vu »Schwäbisch-Alemannisch« schwätze und schriibe. Mer glaubed jo au so ganz allmählich, daß die Erde ä Kugel isch und sich um d Sunne dreht. S giit allerdings gnueg soote, wo des no beschtreited.

De Blätzlebue

Wenn Aschermittwoch isch, no moß vorher Fasnacht gwäse sei. S war no nie andersch, und so isches au des Johr wieder gsi. Und wenn denn so ä Fasnacht vorbei isch, no goht's wieder degege, wie se im alemannische Raum saged. S goht degege, heißt nix anders, als daß es ab etz wieder uf die näkscht Fasnacht zuegoht. Im Grund gnumme isch des »s goht degege« aber au ä echts Motto fir de Aschermittwoch, denn wemer mol anehocket, wo's kon Lärm und kon Krach hot, und driber hirnet, wa des no bedeite känt, des »s goht degege«, no kummt mer uf ganz diefsinnige Gedanke. Eigentlich goht's jo degege, wemer uf d Welt kunnt. No goht's nämlich degege, bis mer wieder abtritt, und je älter mer wird, umso meh und umso schneller goht's degege. Im Grund gnumme isch des »s goht degege« ä richtigs Vanitas-Motiv, also en Schpruch, wo de Mensch a sei Vergänglichkeit erinneret, aber de Normalmensch will jo a alls erinneret were, nu it a sei Vergänglichkeit.

Ob er aber will oder ob er it will, s goht bi allene degege. Ganz deitlich hon i des wieder mol a dere letschte Fasnet gmerkt. Woni ä paar Woche vor em Schmutzige Dunschtig schnell en Bsuech bi de Tochter und bim Schwiegersohn gmacht hon, i hon möße ebbes abgäe vu de Oma, do hond se ganz geheimnisvoll tue, die Junge. S Töchterle isch fir ä Weile verschwunde, und noch ä paar Minute kummt se mit em Enkele wieder i d Kuche. Etz isch der au scho en Schuelerschnitz und i de erschte Klass, aber des war it die Iberraschung. De Klä isch ime Blätzlebue gschteckt und hot zu mir gset, »gell du kännsch mi it?« So saged die Mäschgerle zu de Zivilischte bim Schnurre. I moß sage, s hot me schier umghaue, wo i den Bue im Blätzlehäs gsäne hon. Sie hond's schtreng geheim ghalte vor mir, und des war etz die

Iberraschung. I war so perplex, daß i uf Anhieb it mol glei hon ebbes sage känne, und z mol hon i nime räet durch mei Brille gsäne, weil i weng Wasser i de Auge ghet hon. Ehrlich gset, hon i mi it emol groß gschämt.

Des hot mi ufs mol so aagrührt, des Büeble als Blätzlebue, weil des min Kindertraum gsi isch, au mol en Blätzlebue mache derfe. Domols hot mer se no selber gmacht, die Blätzlehäser. Die ganz Familie isch all Obed zämme ghockt und hot Blätz gschnitte und jedes Blätzle einzeln eigfaßt, also umnäht. Hunderte vu Blätz umnähe, des war d Arbet vu mehrere Monat, und zum Schluß hot denn de älteschte Bue, oder au Tochter derfe den Blätz azieh, und denn ischer vererbt wore, bis en z letscht s jüngscht Familiemitglied trage hot.

Wo i us de Gfangeschaft hom kumme bin, hon i au derfe en Blätz azieh. Nadierlich kon eigene, aber der vu mim Schuelkamerad Berni. Der isch ane 45 i de russische Gfangeschaft gschtorbe, no hon i derfe sin Blätz trage. Und die Mei, wo scho anne 46 die Mei war, aber no it offiziell, die hot de Blätz vum Brueder trage, und denn simer zämme mitenand ge schnurre. Etz tragt unser Töchterle den Blätz, wo d Mamme trage hot und de Enkel tragt de Blätz vume Bue, wo drus use gwachse isch und die Mei und i, mir traged kon Blätz meh, mir gucked nu no zue, und alls des isch mer eigfalle, wo des Büeble mit sim Blätzlehäs vor mir gschtande isch, und wenn om pletzlich so vill ufs mol eifallt und s kummt om ganz deitlich, daß es nämlich all degege goht, no ka's passiere, daß de z mol nime zu de Brille use siehsch.

Verlag und Vertrieb:
Stadler Verlagsgesellschaft mbH 1998
Max-Stromeyer-Straße 172
78467 Konstanz

© Copyright by:
Verlag Friedr. Stadler
Inh. Michael Stadler

Umschlaggestaltung Barbara Müller-Wiesinger
Titelbild Hella Wolff-Seybold

ISBN 3-7977-0415-1